AF221930

Siegfried Schilling

Das unglaubliche Geständnis meines Vaters

Absurder Roman

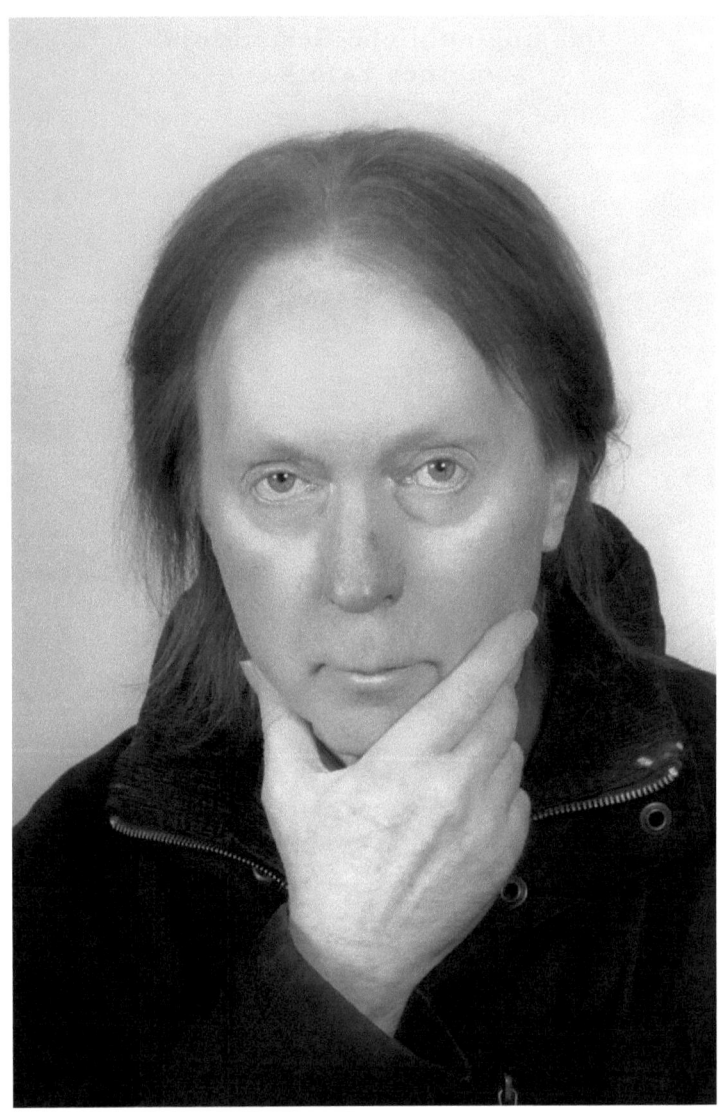

Autor Siegfried Schilling

Das unglaubliche Geständnis meines Vaters

Absurder Roman

Siegfried Schilling

Impressum

© 2020 Siegfried Schilling

Herstellung und Verlag: BoD – Books on Demand, Norderstedt

ISBN 9-783751-914383

Printed in Germany

Bibliografische Information der Deutschen Nationalbibliothek

Die Deutsche Nationalbibliothek verzeichnet diese Publikation in
der Deutschen Nationalbibliografie; detaillierte bibliografische
Daten sind im Internet über http://dnb.d-nb.de abrufbar.

Inhaltsangabe

Im Mittelpunkt des Romans „Das unglaubliche Geständnis meines Vaters" steht die Familie Hans, Ellen und Gernot Behringer, die harmonisch miteinander in Glückstadt an der Elbe lebt. Die schwierige Nachkriegszeit übersteht sie dank des handwerklichen Geschicks des Vaters und Ehemanns Hans Behringer verhältnismäßig gut und gelangt in späteren Jahren zu relativem Wohlstand. Als Hans Behringer erfährt, dass er unheilbar an Krebs erkrankt ist, offenbart er sich seinem Sohn Gernot und erzählt ihm seine „wahre" Lebensgeschichte. Steckt hinter ihm vielleicht ein großes, geradezu sensationelles Geheimnis? Ist er möglicherweise, so unwahrscheinlich es auch klingen mag, der Mann, der Krieg, Leid und Zerstörung, der millionenfaches Leid und millionenfachen Tod, über die Menschheit gebracht hat? Hans Behringer, der mit seiner „Lebensgeschichte" bei seinem Sohn verständlicherweise auf große Skepsis trifft, glaubt den Beweis antreten zu können, dass sie der Wahrheit entspricht...

1. Ein liebevoller Vater und Ehemann

Mein Vater war ein gütiger und friedfertiger Mann, der Streit und Auseinandersetzungen, wenn möglich, aus dem Weg ging. Meine Mutter hatte in ihm einen liebenden, aufmerksamen und hilfsbereiten Ehemann, der sie in unserem überschaubaren Haushalt tatkräftig unterstützte, ich einen liebe- und verständnisvollen Erzeuger, dem meine gedeihliche Entwicklung und mein Wohl über alles ging. Ob im Kindergarten, in der Schule oder in anderen Bereichen des Lebens: Er war stets zur Stelle, wenn ich in Schwierigkeiten oder Krisen geriet und setzte alles daran, um mir da wieder heraus zu helfen. Dabei legte er alles in die Waagschale, was ihn ausmachte und ihm an Mitteln und Möglichkeiten zu Gebote stand - zumeist mit dem gewünschten Erfolg.

Im Gegensatz zu der relativen, Ausgeglichenheit, die er normalerweise an den Tag legte, standen die Wutanfälle, die ihn regelmäßig etwa alle drei Monate packten und in einen Menschen verwandelten, der nichts mit dem vorbildlichen Ehemann und Vater gemein zu haben schien, der er sonst war. Sie sprengten jedes Maß und zeigten ihn von einer Seite, die man bei ihm absolut nicht vermutete. Einen konkreten Anlass für die Wutanfälle gab es nicht. Sie kamen wie Naturgewalten über ihn, schüttelten ihn durch und ließen ihn nach einigen Minuten wieder los.

Wenn mein Vater die ersten Anzeichen spürte, warnte er uns vor, wobei er es meistens noch schaffte, dies mit einem Scherz zu verbinden. Dann lief er eilends in den Keller. Es dauerte nicht lange, bis von dort heiseres, wüstes Geschrei erklang, das an das Bellen eines tollwütigen Hundes erinnerte und sich zusehends steigerte - bis es schließlich seinen Gipfel erreicht hatte und allmählich verebbte. Ein erleichtertes, fast fröhliches Gelächter kündigte das Ende des Wutanfalls an. Kurze Zeit meldete sich mein Vater - schweißgebadet und erschöpft - bei uns zurück, um sich gewohnheitsmäßig „für eine halbe Stunde aufs Ohr zu legen", wie er gern formulierte. Danach war er wieder der „Alte".

Mein Vater war sicherlich niemals ein Beau gewesen. Doch mit seiner handbreiten Narbe, die sich über den Mund und die Oberlippe quer bis hin zur rechten Wange zog, war sein Äußeres ein für alle Mal verunstaltet. Sie erinnerte ihn jeden Augenblick seines Lebens an einen Bombenangriff der Engländer zum Ende des Krieges auf das Eisenbahn-Ausbesserungswerk in Glückstadt, in dem er an kriegswichtiger Stelle tätig war, wie er häufiger erzählte. Dabei erlitt er schwerste Verletzungen im Gesicht, die lange brauchten, um abzuheilen. Noch heute schmerzte die Narbe, wenn ein Wetterwechsel bevorstand.

Die Menschen, die mit meinem Vater in Berührung kamen, schenkten der Verunstaltung in seinem Gesicht jedoch kaum Beachtung. Vielmehr ließen sie sich von seiner Persönlichkeit fesseln, deren suggestive Anziehungskraft sich niemand entziehen konnte. Er hatte etwas an sich, das alle faszinierte und festhielt, die sich ihm näherten, wobei seine blauen Augen und sein intensiver Blick sicherlich einen entscheidenden Anteil an seiner Wirkung hatten. Wenn mein Vater es zugelassen hätte, wäre unsere bescheidene 65-Quadratmeter-Wohnung ständig bevölkert gewesen von Menschen, die seine Nähe suchten. Doch dem schob er einen Riegel vor. Obwohl er ein durchaus kontaktfreudiger, geselliger Mensch war, empfing er zu Hause nur selten Besuch - und dieser rekrutierte sich fast ausschließlich aus Mitgliedern „seines" Schäferhundvereins „Wolf", mit denen er vorzugsweise vereinsinterne Angelegenheiten besprach. Seine Privatsphäre ging ihm über alles, er schützte sie wie eine Glucke ihre Küken.

Ungewöhnlich war der große Altersunterschied zwischen meinen Eltern, der mehr als zwanzig Jahre betrug. Das belastete aber keineswegs ihre Beziehung, die geprägt war von einem liebevollen, nur gelegentlich durch läppische Zänkereien unterbrochenen Miteinander. Zwischen ihnen bestand ein besonderes Band, eine Art unauflösbarer Schicksalsgemeinschaft, die nichts und niemand in Frage stellen konnte.

Der Alltag unserer kleinen Familie unterschied sich in nichts von den Millionen anderer Familien und bestand insbesondere in den ersten Nachkriegsjahren darin, das Überleben im zerstörten Deutschland zu sichern. Das gelang meinem Vater, der als Schweißer am Eisenbahn-Ausbesserungswerk Glückstadt beschäftigt war, recht gut. Er fertigte nach

seiner eigentlichen Arbeit landwirtschaftliche
Geräte wie Mistgabeln und Spaten für die
Bauern in der Region an und verdiente sich
damit ein gutes Zubrot. Ich leistete meinem
Vater gern Gesellschaft, wenn dieser im Keller seinem zweiten Broterwerb nachging.
Dabei schaute ich ihm nicht nur über die
Schulter, was allein schon interessant war,
sondern leistete auch kleine Handreichungen
für ihn. Das machte Spaß und bedeutete ein
Ende der Langenweile, die ich nicht selten
empfand. Das Wichtigste aber war, dass ich
mit meinem „alten Herrn" zusammen sein
konnte, der sich bei solchen Gelegenheiten
unbeschwert und fröhlich zeigte und hin und
wieder aus voller Brust deutsche Volkslieder
wie das „Heideröslein" schmetterte - Ausdruck dafür, dass er besonders gut aufgelegt
war.

Seine handwerkliche Geschicklichkeit, über
die mein Vater zweifellos in hohem Maß ver-

fügte, bewies er unter anderem auch durch den fast naturgetreuen Nachbau eines deutschen Kaufmannshauses mit Kran und Pferdestall aus dem 18. Jahrhundert. Es war ein Geschenk zu meinem vierten Geburtstag und so groß, dass ich mühelos vollständig hineinkriechen konnte. Auch der erste Drahtesel, dem ich in meinem Leben die Sporen gab, stammte von ihm. Er hatte ihn an seiner Arbeitsstätte aus verschiedenen alten Fahrradteilen zusammengeschweißt und frisch lackiert, so dass er beinahe wie neu aussah. So fertigte mein Vater viel Spielzeug und nützliche Gegenstände für mich an und freute sich diebisch, wenn es mir gefiel. Für seinen blonden Gernot tat er alles.

2. Umzug mit Pferd und Wagen

Zu den wichtigsten Ereignissen in der ersten Hälfte der fünfziger Jahre zählte der Umzug von der Bohnstraße, wo wir im ersten Stockwerk eines großen, älteren Mehrfamilienhauses wohnten, in die Klaus-Groth-Straße. Diese lag in einem neuen Stadtviertel im Norden der Elbestadt und bestand aus einer Reihe von verhältnismäßig schlichten, grau verputzten Wohnblöcken, die aber sämtlich mit einer Küche und einem Wannenbad ausgestattet waren - für die damalige Zeit durchaus nicht selbstverständlich.

Ich erinnere mich noch gut daran, wie ich neben dem streng riechenden, fast Übelkeit auslösenden Kutscher saß und auf meinen Vater wartete, der noch einen Karton mit Haushaltsgegenständen aus der alten Wohnung holen wollte, bevor es losging. Schließlich erschien er, stellte den Karton auf den mit Kleinmöbeln vollgestellten Pferdewagen und nahm dann auf dem Kutschbock Platz. Der Kutscher schnalzte mit der Zunge. Auf sein „Hüh, meine Alte!" setzte sich der bejahrte Gaul langsam in Bewegung und trottete gleichmütig über das noch überall in Glückstadt verbreitete Kopfsteinpflaster geradeaus. Mein Vater strich mir über das Haar.

„Das hätten wir geschafft, Gernot!"

Ich nickte zustimmend.

„Ich hab' aber auch gut mitgeholfen, oder?"

„Oh, das hast Du bestimmt. Was hätte ich ohne Dich gemacht?"

„Sie haben einen hübschen und tüchtigen Jungen, Herr Behringer", wandte sich der Kutscher an meinen Vater. „Sie können stolz auf ihn sein."

„Das bin ich auch."

Ich schaute eine Weile auf den braunen Pferderücken, auf dem ich gern gesessen hätte, und warf dann einen Blick nach links zum Burggraben. Die leicht gekräuselte Oberfläche des Sees glitzerte in der Morgensonne - ein Anblick, den ich schon so oft genossen hatte. Nicht weit vom Ufer entfernt standen zwei große Mehrfamilienhäuser nebeneinander, in denen meine beiden besten Freunde Jürgen Ratjens, Conrad Gries und Klaus-Dieter Dolderer zu Hause waren. Es stimmte mich traurig, dass ich künftig nicht mehr in ihrer Nähe wohnen würde. Ich tröstete mich aber damit, dass es kein Abschied für immer war und ich nur einen kurzen, fünfminütigen Fußweg zu ihnen hatte.

Traurigkeit erfasste mich auch, wenn ich an die aus Schlesien geflüchtete Familie Krüger dachte, mit denen wir die verhältnismäßig große Wohnung im ersten Stockwerk geteilt hatten - Folge der Wohnungsnot in der Elbestadt, die nach dem Krieg von Flüchtlingsströmen überschwemmt wurde. Sie hatte mich mit Warmherzigkeit und Fürsorglichkeit umfangen, mich beschützt und mir Süßigkeiten und Spielzeug zugesteckt. Ich würde das Zusammenleben mit ihr, denn das war es, vermissen. Das galt insbesondere für die elfjährige Sabine, die mit ihrem langen, blonden Haar, ihrer Sanftheit und ihrer Geduld wie ein Engel aus der Bibel auf mich wirkte. Sie würde ich am meisten vermissen.

„Kann ich Krüger bald besuchen?" fragte ich spontan meinen Vater, der mir lächelnd ins Gesicht blickte.

„Ja natürlich. Ich weiß doch, wie gern Du bei Ihnen bist."

Die Haustür in der Klaus-Groth-Straße 1 stand sperrangelweit offen und die Wohnungstür war nur angelehnt. Ich lief geradeaus durch den schmalen Flur in die Wohnstube. Aber weder hier, noch im Schlafzimmer fand ich meine Mutter.

„Gernot, ich bin in der Küche!" hörte ich

sie rufen.

Ich lief zurück und lief eilte zu ihr.

„Vorsicht!" warnte mich meine Mutter, die gerade den Topf vom Herd genommen hatte, um die Kartoffeln abzugießen.

Ich trat respektvoll zwei Schritte zurück.

„Wir haben die letzten Sachen gebracht," informierte ich meine Mutter, während diese den Topf mit den Kartoffeln noch einmal kurz auf die glühende Herdplatte setzte, um das verbliebene Wasser verdampfen zu lassen. „Jetzt ist unsere alte Wohnung ganz leer."

Ich sah ein wenig traurig vor mich hin. Meine Mutter bemerkte es und strich mir aufmunternd übers Haar.

„Hier ist es doch viel schöner, Gernot. Wirst Dich bald an die neue Umgebung gewöhnt haben. Übrigens gibt es hier viele Kinder, mit denen Du spielen kannst..."

In diesem Augenblick schaute mein Vater

zur Tür herein.

„Wir haben`s gleich geschafft, Ellen! Wir bringen nur noch die restlichen Kleinmöbel und Krimskrams nach oben."

Sprach's und verschwand wieder. Ich wollte ihm hinterherlaufen, doch meine Mutter hielt mich zurück.

„Wasch Dir schon mal die Hände, und dann kannst Du Dich an den Tisch setzen. Wir essen sofort."

Ich gehorchte ihr widerstrebend, Im Badezimmer hielt ich kurz die Hände unter das fließende Wasser und baute mich dann vor dem großen, blanken Kupferkessel auf, der mich stark beeindruckte. Ich klopfte vorsichtig mit dem Zeigefinger dagegen - und erhielt ein dumpfes, schnell verflüchtigtes Echo: Der „Kupferne" war bis obenhin mit Wasser gefüllt. Ich freute sich schon auf den Abend: Dann würde sein Vater den Kessel heizen und die Familie könnte erstmals ein warmes

Wannenbad in der neuen Wohnung nehmen.
Vorbei waren die Zeiten ohne eigenes Bad.
Wir mussten nun nicht mehr bei unseren
Nachbarn oder bei „Tante Lotte" in der Rei-
chenstraße fragen, wenn wir uns gründlich
„renovieren" wollten, wie mein Vater gern
formulierte.

„So, die Hauptarbeit liegt nun hinter uns.
Was sonst noch zu tun ist, erledigen wir nach
und nach!" stellte mein Vater zufrieden fest,
als wir Drei am Mittagstisch saßen und an
den knusprig gebratenen Bauchscheiben
knabberten, die meine Mutter zubereitet hatte.

„Es hat wirklich alles gut geklappt - und
ohne, dass etwas zu Bruch gegangen wäre...
Naja, bis auf die Blumenvase. Aber das war
sowieso nicht gerade das schönste Stück",
ließ sich meine Mutter hören.

Mein Vater antwortete nicht. Der Hausmeister, der draußen vor dem Küchenfenster

mit geschulterter Harke und Spaten erschien, um zum Mittagessen nach Hause zu gehen, nahm seine Aufmerksamkeit in Anspruch.

„Fleißiger Kerl, dieser Ohlfest! Hat hier alles gut in Schuss gebracht!" lobte er den hageren, leicht vorübergebeugt gehenden Mann, der sich langsam aus unserem Gesichtsfeld entfernte.

Ich wusste nicht recht, ob ich ihn mochte oder nicht. Er wirkte auf mich streng und respekteinflößend.

„Hat Herr Ohlfest hier eigentlich etwas zu sagen?" wollte ich von meinem Vater wissen, der kaum merkbar mit den Schultern zuckte.

„Hm. Was heißt: etwas zu sagen? Er pflegt die Grünanlagen und kommt, wenn etwas am oder im Haus repariert werden muss. Das ist alles.... Naja, ein bisschen sieht er hier natürlich auch nach dem Rechten…"

„Ist es nicht schön, dass wir jetzt einen eigenen Garten haben, Gernot? Den hast Du Dir doch immer gewünscht", kam es aus Richtung meiner Mutter, die aufgestanden und zum Herd gegangen war, um das Kaffeewasser aufzusetzen. Ich antwortete mit freudigem Kopfschütteln.

„Natürlich! Jetzt sind wir nicht mehr auf die Schmidts angewiesen, wenn wir im Garten sitzen oder spielen wollen. Das ist wirklich gut."

Die Schmidts, unsere Nachbarn im Erdgeschoss, besaßen einen großen Garten, den sie uns, wenn auch widerstrebend, hin und wieder mitbenutzen ließen. Dabei achteten sie penibel darauf, dass wir nichts beschädigten oder zertraten.

Als ich meinen Teller bis auf zwei halbe Kartoffeln geleert hatte, hielt es nicht mehr länger auf dem Stuhl. Ich stand auf, zwängte mich an meinem Vater vorbei und lief zur Küchentür.

„Ich gehe auf den Hof", informierte ich meine Eltern, die zustimmend nickten und mir lächelnd hinterhersahen.

Der Weg, der am Haus entlang zum Hof führte, war noch weich und wies tiefe Spuren des massiven, großrädrigen Deichselwagens auf, den die dreiköpfige Familie Korn - Mutter, erwachsene Tochter und ihr Ehemann - nach ihrem Umzug am Vortage unter ihr Fenster an der Rückseite des Wohnblocks geschoben hatten. Mit diesem Wagen seien sie zum Kriegsende aus Königsberg, ihrer alten Heimat, geflohen, hatten sie mir bei einer Gelegenheit erzählt. Doch konnte ich mit ihren eindringlichen Schilderungen von panischer Massenflucht und Vertreibung, von Hunger, Schmerz und gewaltsamen Tod, wenig anfangen. Für mich klang dies alles, als stamme es aus ferner, mystischer Vergangenheit - unwirklich und fremd.

„Die Korns sind nett - schön, dass sie über

uns wohnen!" dachte ich und warf einen Blick zu ihrer Wohnung im ersten Stockwerk hinauf. Das Schlafzimmerfenster war weit geöffnet, jedoch niemand zu sehen. Dafür erschien Frau Baufeld an ihrem Fenster und winkte mir zu.

„Na, seid ihr jetzt mit dem Umzug fertig?" fragte sie mich freundlich und erhielt ein ebenso freundliches „Ja" zur Antwort.

Christel, Eva und Alfred, ihre drei fast erwachsenen Kinder, tauchten hinter ihr auf und riefen mir ein fröhliches „Hallo Gernot!" zu. Sie mochten mich und spaßten gern mit mir, wenn sie mir begegneten.

„Dann auf gute Nachbarschaft! Aber mit uns klappt es bestimmt", sprach Eva zu mir, die mit ihrem runden Gesicht und ihrer starken Figur ihrer Mutter am ähnlichsten war.

„Klar!" antwortete ich kurz und bündig und strahlte sie an.

Christel, die schönere der beiden Baufeld-

Töchter, wie ich fand, lud mich ein, sie doch einmal zu besuchen: Sie würden sich freuen. Ich versprach es, wollte mich jetzt aber nicht länger davon abhalten lassen, mein neues Umfeld, das mir noch verhältnismäßig fremd war, näher kennenzulernen.

Ich entzog mich den Baufelds, die mich noch einen Augenblick interessiert beobachteten, bevor sie sich wieder ins Innere der Wohnung zurückzogen, und lief schnurstracks auf einem kaum drei Fuß breiten Weg in „meinen" Garten. Der war zwar im Augenblick nicht viel mehr als ein handtuchgroßes, brach liegendes Stückchen Erde, doch hatte mein Vater schon angekündigt, „hier demnächst alles in Ordnung zu bringen", wie er erklärte. Das hieß konkret: Rasen anlegen sowie verschiedene Sträucher und Blumen pflanzen. Ich freute mich bereits jetzt darauf, denn es verstand sich von selbst, dass ich dabei meinem „alten Herrn" dabei helfen würde.

Der schmale, vielleicht drei Kinderschritte breite Graben, der die südliche Grenze unseres Grundstücks und zugleich des neuen Stadtviertels bildete, zog meine Aufmerksamkeit auf sich. Wenn es jetzt Sommer gewesen wäre, hätte ich bestimmt Schuhe und Strümpfe ausgezogen, um durch das klare, kaum bis an die Knöchel reichende Wasser zu waten. Jetzt, im beginnenden Frühjahr, begnügte ich mich damit, vorsichtig die steile Böschung hinunterzuklettern und fasziniert zu beobachten, wie das Wasser an mir vorbeiströmte.

Eine Stimme, die aus einer knorrigen Kopfweide oberhalb des Flussbettes kam, schreckte mich auf.

„Fall bloß nicht `rein, Gernot!"

Ein vielleicht elfjähriger, schlaksiger Junge wurde sichtbar - zuerst die Beine, dann der Rest des Körpers -, der behutsam den schräg

gewachsenen, fast bis zum anderen Ufer rei-
chenden Baum hinunterkletterte und dann
auf dem Hosenboden die Böschung hinunter-
rutschte. Unten angekommen warf zur Be-
grüßung beide Hände in die Luft, was ausgesprochen komisch wirkte.

„Eh, das ist ja toll, dass Ihr jetzt hier
wohnt. Nun können wir ja öfter miteinander
spielen", begrüßte er mich, wobei er mir
freundschaftlich auf die Schulter klopfte.

„Ja klar, das machen wir!" antwortete ich
mit meiner glockenreinen, zarten Stimme.

Jürgen Holm und ich kannten uns durch
unsere oberflächlich miteinander befreunde-
ten Mütter, die sich hin und wieder zum Nä-
hen in der Volkshochschule trafen. Dies war
ein Angebot der Stadt Glückstadt an alle
Mütter, die über keine eigene Nähmaschine
verfügten.

Wir blieben eine Zeit lang unschlüssig vor-
einander stehen, bis der Rotschopf, dessen

Gesicht und Arme von unzähligen Sommer-
sprossen übersät waren, die Verlegenheits-
pause beendete.

„Willst Du mal meine Baumhöhle sehen?"
sprudelte es aus ihm heraus, wobei man ihm
ansah, dass er meine Antwort schon zu kennen glaubte.

„Oh ja - prima!"

Kurz darauf befanden wir uns in dem lufti-
gen Versteck zwischen Wasserlauf und Wol-
ken. Es bot ringsherum Sichtschutz, war also
auch nicht von dem parallel zum Graben ver-
laufenen Schlackenweg einsichtig.

„Von hier aus kann man gut die Leute beobachten!" stellte Jürgen fest.

Zum Beweis bog er die Zweige zur Seite
und schaute nach links und rechts. Dabei
entdeckte er zwei Jungen in meinem Alter,
die am Ufer des Schwarzwassers, eines von
der Elbe gespeisten Teiches, Steine einsam-
melten, um damit die auf dem Wasser düm-

pelnden Enten und Haubentaucher zu bewerfen. Dabei stimmten sie lautes, belustigtes Gelächter an. Aus dem Gesicht des Rotschopfes verlor sich augenblicklich der Ausdruck unerschütterlich scheinender Gutmütigkeit.

„Hört sofort auf, Ihr Dreckschweine, sonst komme ich `rüber!" schimpfte er und drohte den Jungen, die sich erschrocken in seine Richtung umdrehten, mit der Faust. Diese ließen augenblicklich die Steine fallen und zogen es vor, das Weite zu suchen - allerdings nicht, ohne sich noch einmal zu Holm umzudrehen und ihm einen Vogel zu zeigen.

„Du bist doch `n Schwachkopf, `n Hirni!" riefen sie höhnisch in seine Richtung und verschwanden in Richtung Eisenbahn-Ausbesserungswerk.

Ich hatte alles genau beobachtet und freute mich über Jürgens Reaktion: Diese gemeinen Jungen hatten es wirklich nicht anders verdient. Es war mir unbegreiflich, wie jemand so verletzliche und schöne Tiere, wie ich fand, mit Steinen bewerfen konnte und gar ihren Tod in Kauf nahm. Von meinen Freunden in der Bohnstraße, dessen war ich mir sicher, wäre niemand dazu fähig.

„Diese Tierquäler! Wenn ich die mal erwische..." knurrte der Elfjährige und drehte sich zu mir um. „Du würdest so etwas bestimmt nicht tun!"

„Bestimmt nicht!" versicherte ich ihm mit tiefem Ernst.

Wir setzten uns und ließen die Beine herabbaumeln und hingen eine Weile unseren Gedanken nach.

„Kommst Du eigentlich Ostern zur Schule?" wollte Jürgen schließlich von mir wissen.

„Nein, ich werde ja erst im September sechs!"

„Ach ja, stimmt. Na, sei froh, Schule ist

nämlich Scheiße!"

Die nun folgende Schilderung des Elfjährigen über seine Erfahrungen mit der Volksschule, die er besuchte, mit schimpfenden, schreienden und schlagenden Lehrern, schockierten mich. Von meinen Eltern hatte ich immer gehört, dass Schule und Lernen Spaß bereite. Auf meine ängstliche Nachfrage, ob dies wirklich so sei, erhielt ich aber keine Antwort mehr, denn seine Mutter rief ihn vom geöffneten Fenster aus zum Mittagessen.

„Ja, dann muss ich wohl. Lass mich mal zuerst!"

Jürgen kletterte vorsichtig den Baum hinunter und half dann mir wieder auf die Erde zurück.

„Heute Nachmittag habe ich keine Zeit, aber morgen können wir ja wieder miteinander spielen!" schlug der Rotschopf vor und winkte mir zum Abschied freundlich zu.

Wieder allein zögerte einen Augenblick unschlüssig, bevor mich entschied, auf der Böschung entlang zur kleinen, weiß gestrichenen Brücke zu gehen, die das schmale Rinnsal überspannte. Kaum hatte ich sie erreicht, wurde ich mit den beiden „gemeinen" Jungen konfrontiert, die sich unter der Brücke aufhielten und überrascht zu mir hochsahen.

„Eh, Dich haben wir doch eben mit diesem Schwachkopf gesehen!" richtete der Größere von beiden das Wort an mich und deutete mit dem Kopf in Richtung des Holmschen Hauses. „Ist der etwa Dein Freund?"

„Nein, mein Freund ist er nicht!" antwortete ich ängstlich und wollte weiter gehen. Die beiden Jungen hinderten mich jedoch daran, indem sie die Böschung hinaufliefen und sich mir in den Weg stellten.

„Soso, Dein Freund ist er nicht... Naja, wäre auch `n bisschen zu alt!"

„Vielleicht ist er sein großer Beschützer,"
ließ sich der andere Steinewerfer hören und
setzte ein abfälliges Grinsen auf.

Für einen Augenblick herrschte gespanntes
Schweigen zwischen uns. Das Auftauchen
des Ehepaares Korn, das vom Einkaufen aus
der Stadt heimkehrte, wie die prall gefüllten
Netze belegten, beendete die für mich brenz-
lige Situation.

„Na, mein Kleiner, wie ich sehe, hast Du
schon Freunde gefunden", meinte Frau Korn
freundlich zu mir. Ich nickte kaum merkbar.
"Jetzt will ich aber nach Hause."

Ich schloss mich dem Ehepaar an und legte
mit ihnen gemeinsam den kurzen Fußweg bis
zur Klaus-Groth-Straße 1 zurück. Unterwegs
unterhielten sie sich angeregt mit mir und
schenkten mir, bevor sich unsere Wege im
Hausflur trennten, einen grünen Apfel und
eine Blutorange. Die beiden zurückbleiben-
den Jungen, die uns überrascht nachgesehen

hatten, verschwanden schließlich wieder unter der Brücke. Für mich aber stand nach diesem Vorfall fest, dass sich mein Freundes-
kreis durch den Umzug nicht verändern würde. Wie froh war ich, dass ich Jürgen, Conrad und Co hatte.

3. Das Regiment des Rohrstocks

Meine Einschulungsfeier an einem sonnigen Aprilmorgen des Jahres 1955 verlief ausgesprochen fröhlich und vermochte weitgehend die Befürchtungen zu zerstreuen, die Jürgen Holm in mir durch seine wiederholten Horror-Schilderungen des Schulalltags geweckt hatte: So schlimm konnte Schule gar nicht sein. Die Gestaltung der Veranstaltung hatten Schülerinnen und Schüler der höheren Klassen übernommen. Sie sangen bekannte Kinder- und Frühlingslieder, trugen lustige und belehrende Gedichte vor und erzählten Geschichten vom Schulanfang - zu Papier gebracht von bedeutenden Schriftstellern.

Selbstverständlich ließen es sich meine Eltern nicht nehmen, mich auf die Einschulungsfeier zu begleiten. Sie saßen links und rechts neben mir und sahen mir bisweilen lächelnd oder fragend ins Gesicht. Es war unverkennbar, dass sie stolz auf ihren hübschen

Sohn waren, dem sie eine gedeihliche Zukunft wünschten. Nach der Feier verließen die Eltern die Schule, während sich Schüler und Lehrer in den jeweiligen Klassen einfanden, denen sie zugeteilt waren, um sich dort ein wenig zu beschnuppern.

Mein Lehrer hieß Erhard Kloss. Er war ein hünenhafter, stämmiger Mann mit einem gutmütigen Gesicht, der gravitätisch seinen Hängebauch vor sich hertrug. Mir war er von Anfang an zugetan. Das zeigte er unter anderem dadurch, dass er mich aufforderte, von der hinteren Schulbank, auf der ich Platz genommen hatte, auf die erste im Mittelgang zu wechseln. So saß ich direkt vor dem Lehrerpult und war ihm auf Armlänge nahe: Das gefiel ihm.

Die ersten Wochen und Monate in der Schule verliefen harmonisch und waren damit ausgefüllt, die Grundlagen des Rechnens und Schreibens zu erlernen. Aber auch Spiel

und Sport standen auf dem Stundenplan -
zweifellos die beliebtesten Fächer bei uns
Erstklässlern. Mit meinen Mitschülern kam
ich gut aus. Die Pausen verbrachte ich jedoch
meistens mit meinen Freunden Jürgen, Conrad und Klaus-Dieter, die gleichzeitig mit
mir eingeschult, aber anderen Klassen zuge-
wiesen worden waren.

Ein Zwischenfall kurz vor den Sommerferien hatte einschneidende Folgen für mich
und veränderten meine Einstellung zur Schule, die ich bis dahin gern besucht hatte,
grundlegend. Mein Lehrer Erhard Kloss fiel
während der letzten Unterrichtsstunde plötzlich wie vom Blitz getroffen um und rührte
sich nicht mehr. Darauf reagierten wir Schüler, die wir nicht wussten, was das bedeutete,
recht unterschiedlich. Einige schrien schockiert auf, andere, die es für einen Spaß hielten, lachten belustigt. Als der Hüne jedoch
auch nach längerer Zeit keine Anstalten

machte, sich wieder zu erheben, wurde es still in der Klasse. Schließlich sprangen etliche meiner Mitschüler auf und liefen schreiend in den Flur. Es dauerte nicht lange, bis Kloss, der allmählich wieder zu sich kam, von zahlreichen seiner Kollegen umringt war. Sie kümmerten sich um ihn und brachten ihn schließlich mit vereinten Kräften hinaus. Wie sich später herausstellte, hatte er einen Herzanfall erlitten, an dem er nahezu zwei Jahre laborierte.

Als neuer Klassenlehrer trat Wilhelm Meier an seine Stelle, ein kleiner, dicker, 55-jaehriger Mann mit einer Glatze und einer fast kugelrunden Gestalt. Ich hatte schon viel von ihm gehört, und zwar ausschließlich Negatives, wobei die Berichte meines Bekannten Jürgen Holm am dramatischten klangen. Er beschrieb den Pauker, der ihn in Rechnen und Deutsch unterrichtete, als Sadisten, dem es Spaß bereitete, Schüler zu quälen und zu demütigen. Dabei gehörte Jürgen, ein schwacher und zudem wenig ansehnlicher Schüler, zu seinen bevorzugten Opfern.

„Wenn Du mal Deine Hausaufgaben vergessen oder während des Unterrichts geredet hat, bekommst Du entweder eine saftige Backpfeife von ihm oder Du wirst mit dem Rohrstock vertrimmt. Du glaubst gar nicht, wie weh das tut. Höllisch, sage ich Dir, einfach höllisch", so der Rotschopf.

Ein Vorfall gleich in der ersten Schulstunde mit dem neuen Lehrer offenbarte, dass Jürgen keineswegs übertrieben hatte. Mitten im Satz unterbrach Meier abrupt seinen heimatkundlichen Vortrag über die Marsch, preschte nach hinten und baute sich dort vor der letzten Bank in der linken Reihe auf. Die beiden Schüler, die dort saßen und leise miteinander tuschelten, fuhren erschrocken auseinander.

„Was fällt Euch ein, im Unterricht zu

schwatzen und die anderen zu stören?" schrie
er sie an. „Ich werde so etwas auf keinen Fall
dulden. Kommt mit nach vorn, aber zügig,
und stellt Euch vor der Wandtafel auf!"

Die verängstigten Jungen folgten den An-
weisungen des Lehrers. Dieser angelte einen
armlangen Rohrstock aus einem schmalen
Schrank neben der Wandtafel und versetzte
damit den Beiden einen Hieb auf die geöffneten Handflächen, die sie ihm entgegenstre-
cken mussten. Dabei bebte er am ganzen
Körper, vergleichbar einem Orgasmus.

Die so Misshandelten schrien schmerzer-
füllt auf und brachen in Tränen aus, während
wir anderen Schüler in eine Art Schockstarre
verfielen. In Kloss' Unterricht hatte es niemals verbale oder physische Gewalt gegeben, jetzt wurden wir erstmals damit konfrontiert. Dies war eine Erfahrung, die uns
allen unter die Haut ging. Fortan lag über unserer Schulzeit ein Schatten.

Für mich persönlich bedeutete Kloss'
langwieriges Ausscheiden aus dem Schuldienst zudem, dass ich nun nicht mehr der
Liebling des Klassenlehrers war, denn Meier
bevorzugte die Söhn und Töchter aus so ge-
nanntem gutem Hause. Ich kam ja nur aus
einer Arbeiterfamilie und nahm damit in seiner Wertschätzung einen hinteren Platz ein.
Hinzu kam noch, dass ich zwar ein intelli-
genter, aber nicht besonders fleißiger Schüler
war und bisweilen meine Hausaufgaben
nachlässig oder gar nicht erledigte. Das steigerte nicht gerade mein Ansehen bei ihm.

Ausfallend mir gegenüber wurde er zum
ersten Mal während der Nachbereitung eines
Anti-Kriegs-Films, den wir im Lichtspielkino
am Markt gesehen hatten. Den Anlass dafür
gab eine - aus seiner Sicht - völlig falsche
Antwort, die ich ihm auf seine Frage nach
der Botschaft des Streifens gegeben hatte.

„Krieg ist nicht sinnlos, merk Dir das. Das

haben Dir wohl Deine Eltern eingetrichtert, wie? So einen Quatsch möchte ich hier im Unterricht nie wieder hören!"

Als ich es wagte, nachzufragen, was denn der Krieg bringe, reagierte er mit einem Wutanfall.

„Du sollst den Mund halten, hast Du mich verstanden? Den Rest des Unterrichts wirst Du draußen vor der Tür verbringen. Los, geh, verschwinde!"

Ich stand mit weichen Knien auf und ging langsam hinaus, verfolgt von den mitleidigen Blicken meiner Mitschüler. Solche und ähnliche Vorfälle wiederholten sich noch oft - bis zu dem Tag, an dem mein Vater eingriff.

Eine weitere Veränderung in der Schule schien das Sprichwort zu bestätigen, dass ein Unglück selten allein komme. Die Klasse 1c wurde aufgelöst und die Schüler zu gleichen Teilen auf die beiden anderen 1. Klassen verteilt. Zu meinen neuen Mitschülern gehörten auch Dieter Sell und Manfred Sommerfeld, also die beiden Jungen, die mich an der Brücke zu unserem Stadtviertel bedroht hatten. Seitdem war es allerdings zu keiner weiteren Konfrontation gekommen - nicht zuletzt auch deshalb, weil ich ihnen, soweit es möglich war, aus dem Weg ging. Nun waren sie mir bedrohlich nahe gerückt und ich geriet wieder in den Fokus ihrer Aufmerksamkeit. Gleich am ersten Tag, in der großen Pause, kamen sie auf mich zu und betrachteten mich abschätzig von oben bis unten.

„Eh, das ist ja toll, dass wir nun in eine Klasse gehen", ließ sich Sell mit einem ironischen Unterton in der Stimme vernehmen. Und sein Kumpan fügte hinzu:

„Du freust Dich doch sicherlich auch, oder?"

Ich antwortete eingeschüchtert mit einem leichten Nicken, was Sommerfeld aber nicht zu genügen schien.

„Kannst Du nicht sprechen? Hast Du die Stimme verloren oder was ist mir Dir los?" fuhr er mich an.

„Ja, ich freue mich auch", beeilte ich mich zu versichern, was bei den bei den beiden Jungen höhnisches Gelächter auslöste. Sie klopften mir unsanft auf die Schulter und ließen mich wortlos stehen.

Knapp eine Woche nach diesem unerfreulichen Vorfall begannen endlich die sehnlichst erwarteten Sommerferien und damit für mich und meine Freunde in der Friedrich-Ebert- und der Bohnstraße eine unbeschwerte Zeit. Wie erleichtert war ich, nun sechs Wochen lang nicht den Launen meines psychopathischen Klassenlehrers sowie den offenen oder versteckten Anfeindungen von Sell und Sommerfeld ausgesetzt zu sein: Der Horror hatte ein vorläufiges Ende. Jeder neue Tag, der nun anbrach, bedeutete ein neues Abenteuer, das in dem weiten Bereich zwischen

Park, Stadtzentrum, Hafen, Elbstrand und dem Flüsschen Stör auf uns wartete.

Meistens trafen sich meine Freunde und ich bereits in den frühen Morgenstunden, um etwas zu unternehmen. Wenn die Sonne am Himmel brannte, war es für uns selbstverständlich, dass wir ins Schwimmband gingen oder mit dem Fahrrad zur Elbe fuhren. Dort schwammen wir im klaren, nicht ungefährlichen Elbstrom, bauten, sofern es der Wasserstand zuließ, Sandburgen, die umgeben waren von einem Wassergraben, spielten Fußball oder suchten den Strand nach Schätzen ab, die dort angespült worden waren. So hatte ich das seltene Glück, im Sand eine dänische Münze aus dem 17. Jahrhundert zu finden, die ich stolz meinen Eltern zeigte. Sie befindet sich noch heute in meinem Besitz.

Als sich die Sommerferien ihrem Ende zuneigten, erfasste mich eine innerliche Unruhe. Mit Schrecken dachte ich daran, dass

bald wieder die Schule beginnen und mein
Martyrium, verursacht durch meinen Lehrer
und das aggressive Freunde-Duo, weiterge-
hen würde. Einen Augenblick spielte ich mit
dem Gedanken, mich meinen Eltern zu of-
fenbaren, verwarf ihn aber wieder: Ich wollte
sie nicht unnötig beunruhigen. Außerdem litten ja alle Schüler unter ihm, nicht nur ich.
Und geschlagen hatte er mich bislang nicht.
Ebenso wenig wie Sell und Sommerfeld, die
sich auf Einschüchterung und Demütigung
verlegt hatten.

Meine Devise für kommende Zeit lautete,
erst einmal die weitere Entwicklung abzu-
warten - und dabei auf das Schlimmste gefasst zu sein. Falls wirklich einmal jemand
der Genannten die Hand gegen mich erheben
würde, wollte ich dies umgehend meinen Eltern berichten. Die Reaktion meines Vaters
konnte ich mir bereits jetzt lebhaft vorstellen,
denn wenn er das Wohl seines geliebten

Sohnes bedroht sah, fuhr der Tiger in ihn. Dann erinnerte er stark an den Mann, in den er sich alle drei Monate verwandelte und der seine aufgestaute Wut gegen die Kellerwände schleuderte. Wehe dem, der ihm in diesem Zustand unter die Augen trat.

Tatsächlich verlief der erste Schultag, anders als befürchtet, verhältnismäßig harmonisch ab. Meier war, ungewöhnlich für ihn, ausgesprochen gut gelaunt und erzählte heitere Anekdoten über Originale in Glückstadt, denen er begegnet war. Sell und Sommerfeld bemühten sich, mir so wenig Beachtung wie möglich zu schenken. Doch schon am nächsten Tag war alles wieder beim Alten. Der Dickwanst zeigte sich während des gesamten Unterrichts bissig und aggressiv und verteilte am laufenden Band Rüffel und Tadel für schlechte Leistungen oder ungebührliches Benehmen, wie er es nannte. Auch sein Rohrstock kam einmal zum Einsatz - nachdem ein Schüler seinen Nebenmann unsanft in die Rippen geboxt hatte. Meier packte den Übeltäter am Kragen und schleifte ihn nach vorn, wo er ihm einen schmerzhaften Hieb auf den Hintern versetzte. Als der Junge schluchzend beteuerte, dass er den Streit nicht angefangen, sondern sich nur gewehrt habe, erhielt er einen weiteren Hieb auf seinen Po.

„Schlagen und noch lügen… Du bist ja wirklich ein feines Früchtchen. Deine Eltern haben bei Deiner Erziehung ja wohl einiges versäumt."

Sell und Sommerfeld nahmen mich während der letzten Pause in die Mitte und bedrängten mich, ein Stückchen mit ihnen zu gehen. Ich konnte mich schlecht weigern und folgte ihnen.

„Wir wundern uns…", ließ sich der Größere mit leicht aggressivem Unterton in der Stimme hören und schickte seinem Freund einen vielsagenden Blick zu.

„Ja, wir wundern uns", echote dieser und grinste breit.

„Weißt Du, worüber wir uns wundern? Wir wundern uns, dass Du Dich uns nicht anschließt. Wir haben doch den gleichen Schulweg. Aber ich bin sicher, dass sich das ändern wird - ganz sicher", ergriff Sell abermals das Wort und tätschelte freundschaftlich meinen Hinterkopf.

Die Beiden lachten laut auf und verschwanden dann hinter dem Schulgebäude. Ich dachte natürlich nicht daran, mich dem aggressiven Duo anzuschließen und schlug nach Beendigung des Unterrichts nicht den üblichen Heimweg ein, der am Schwimmbad, dem Burggraben, dem Amtsgerichtsgebäude und dem Schwarzwasser vorbeiführte, sondern nahm den Umweg über die Stadt. Dabei schloss ich mich eng einer Gruppe von größeren Schülern an, denen ich unterwegs begegnete. Als ich mich der Brücke näherte, die den Schwarzen Weg mit unserem Stadtviertel verband, verlangsamte ich meinen Schritt und vergewisserte mich, dass sich Sell und Sommerfeld nicht irgendwo versteckt hielten. Das war glücklicherweise nicht der Fall.

„Für diesmal bin ich ihnen entwischt", dachte ich. „Aber was würde morgen passieren?"

Ich rechnete mit dem Schlimmsten. Am nächsten Morgen packte ich voller Unruhe meinen Schulranzen und brach anschließend zur Schule auf, wobei ich wiederum den Umweg über die Stadt nahm. Als ich auf dem Schulhof eintraf, traten die Pennäler gerade zum Morgenappell an, um danach geordnet in ihre Klassen zu marschieren. Darunter natürlich auch Dieter und Manfred, die, sobald sie mich sahen, drohend die Faust gegen mich erhoben. Ebenso während des folgenden Unterrichts, wenn sich Gelegenheit dazu bot. Ich hielt es daher für ratsam, mich in der ersten Pause in der Toilette einzuschließen, um ihnen nicht in die Hände zu geraten. In der zweiten Pause allerdings erwischten sie mich im langen Flur des Schulgebäudes und drängten mich in eine entfernte Ecke.

„Kann es sein, dass Du etwas mit den Ohren hast? Oder magst Du uns etwa nicht?" fragte mich Sell gereizt. Dabei sah er mich an, als würde er mir am liebsten eine Ohrfeige oder einen Faustschlag versersetzen. „Ich will Dir mal zugutehalten, dass es Deine Ohren sind - denn, dass Du uns nicht magst, kann ja eigentlich gar nicht angehen. Wir sind doch nette Menschen. Stimmt's, Manni?"

Der so Angesprochene nickte - und beide brachen in höhnisches Gelächter aus.

„Damit Du siehst, dass wir es wirklich gut

mit Dir meinen, wollen wir Dir noch eine Chance geben - aber wirklich die letzte. Also, Du weißt Bescheid. Bis später. Wir freuen uns auf Dich."

Sell und Sommerfeld schlugen mir kräftig auf die Schulter und tauchten anschließend in die Masse der Schüler ein, die auf den Schulhof strömten.

Ich wartete einen Augenblick und folgte ihnen dann. Mein Weg führte schnurstracks zu meinen Freunden Jürgen, Conrad und Klaus-Dieter, mit denen ich regelmäßig in der großen Pause auf dem Spielplatz kickte.

„Wo bleibst du denn?" rief mir Jürgen entgegen und schoss mir den Ball zu - und schon waren wir mitten im Spiel, das uns bis zum Ende der Pause in Atem hielt. So kam ich einfach nicht dazu, wie ich es mir eigentlich vorgenommen hatte, meinen Freunden von den Drohungen des aggressiven Duos gegen mich zu berichten. Ich nahm es als schicksalsgegeben hin.

Gleich zu Beginn des Unterrichts meldete ich mich bei Meier und informierte ihn mit aufgesetzter Leidensmiene darüber, dass ich unter heftigen Bauchschmerzen litt. Der Pauker forschte eine Zeit lang misstrauisch in meinem Gesicht und erlaubte mir dann, meinen Schulranzen zu packen und nach Hause zu gehen.

„Gute Besserung!" rief er mir nach.

Auf dem Heimweg überlegte ich, ob es nicht besser gewesen wäre, dem Drängen der beiden Rowdies nachzugeben und mich ihnen auf dem Heimweg anzuschließen: Vielleicht hätte sich dann ja unser Verhältnis entspannt. Doch verwarf ich den Gedanken wieder. Ich hielt es für wahrscheinlicher, dass sie nur eine Gelegenheit suchten, um gegen mich handgreiflich zu werden. Und dazu wollte ich es natürlich nicht kommen lassen.

Zu Hause tischte ich meiner Mutter die gleichen Lügen wie Meier auf, um meine frühe Rückkehr von der Schule zu erklären. Diese zeigte sich besorgt und bereitete mir zum Mittag eine leichte Kost, sprich: Haferflockensuppe zu, die ich gern aß.

„Wenn es morgen nicht besser ist, bleibst Du zu Hause", meinte mein Vater zu mir, als er sich in der Mittagspause von meinen angeblichen Bauchschmerzen erfuhr. „Manchmal habe ich den Eindruck, irgendetwas stimmt in der Schule nicht", fügte er hellseherisch hinzu und sah mich fragend an.

„Was soll denn nicht stimmen? Nein, es ist alles in Ordnung - wirklich", antwortete ich. Dabei musste ich mich aber stark zusammennehmen, um nicht in Tränen auszubrechen und ihm alles zu erzählen.

Als ich meiner Mutter am nächsten Morgen erklärte, dass ich immer noch Bauchschmerzen hätte, zog sie ein besorgtes Gesicht.

„Oh mein Junge, das tut mir leid. Dann fällt die Schule heute für Dich aus und Du versuchst, Dich zu erholen. Wenn es bis zum Nachmittag nicht besser wird, gehen wir zum Arzt."

Bevor sie in der Küche verwand, teilte sie mir noch mit, dass sie einen Kamillentee für mich zubereiten wolle - seit vergangenem Mittag bereits der fünfte. Sie glaubte an die vielfältigen Heilungskräfte der Kamille und setzte sie bei jedem Wehwehchen, das sie befiel, ein. Auch in meinem Fall musste das Kraut doch helfen. Am frühen Nachmittag gab ich endlich Entwarnung und versicherte meiner Mutter, dass es mir schon wesentlich besser gehe.

„Oh, da bin ich aber froh", stieß sie erleichtert aus. „Das haben wir sicherlich der Kamille zu verdanken."

„Auf jeden Fall!" stimmte ich ihr zu und konnte ein leichtes Schmunzeln nicht vermeiden.

Nicht zum Schmunzeln zumute war mir am nächsten Morgen, als ich wieder zur Schule gehen sollte. Ich befürchtete, dass diesmal tatsächlich etwas passieren würde und befand mich in höchster Alarmstimmung. Auf dem Schulweg schossen mir die ausgefallensten Ideen durch den Kopf, wie ich der Schlinge entgehen könnte, die sich um meinen Kopf legte. So dachte ich unter anderem daran, einen Unfall mit einem Fahrrad zu provozieren oder einen Baum hinabzuspringen und mir den Fuß zu verstauchen. Da es mir aber zu riskant und schmerzhaft war, verwarf ich es wieder. Stattdessen wich ich - wie unabsichtlich - von meinen Schulweg ab und schlug die Richtung zum Außenhafen ein, wo ich voraussichtlich keinem meiner Klassenkameraden begegnen würde: Erstmals während meiner Schulzeit wollte ich die Schule schwänzen.

Am Rethoevel, einer schmalen, kopfstein-
gepflasterten Straße, die parallel zum Bin-
nenhaften verlief, setzte ich mich einen Augenblick ins Gras und schaute auf die andere
Seite. Dort zogen sich auf einer Länge von
vielleicht einem Kilometer die schmucken
barocken Kaufmanns- und Bürgerhäuser entlang, die den gesamten Hafenbereich präg-
ten: Ich liebte ihren Anblick. Diesmal allerdings konnte ich ihn nicht wirklich genießen,
denn mein Gewissen plagte mich. Ich dachte
daran, wie enttäuscht meine Eltern wären,
wenn sie erführen, dass ich die Schule
schwänzte.

Eine Zeit lang hing ich meinen trüben Gedanken nach. Dann erhob ich mich wieder
und schlenderte zur Südermole, wo der Hafen in die offenen, rund dreieinhalb Kilometer breite Elbe überging. Ich turnte auf den
mächtigen, schräg verlaufenden Betonplatten
herum, mit denen das Ufer vor Sturmfluten

geschützt war, und suchte in den Spalten, die oft mannsgroß waren, nach Wollhandkrabben. Ich konnte einige entdecken und beobachtete sie eine Weile. Diese panzer- und scherenbewehrten Tiers, die auf mich wie Vorzeitmonster wirkten, waren durchaus mit Vorsicht zu genießen. Sie konnten einem Menschen ohne Weiteres einen Finger abbeißen.

Nachdem ich mich an den lebenden Panzern sattgesehen hatte, spazierte ich noch eine Weile auf den Betonplatten Richtung Papierfabrik Temming, die zu den größten Unternehmen in Glückstadt zählte. Beim Aufschwemmungsgebiet, das der Elbe abgerungen worden war und seit einigen Monate entwässert wurde, legte ich einen kurzen Halt ein und sah mich um. Das gesamte Neuland, das vom Elbufer bis zur Temmingchaussee reichte, war von schmalen Gräben durchzogen, die das Wasser aus dem Gebiet aufnahmen und in den großen Strom leiteten. Es würde voraussichtlich noch viele Jahre dauern, wie ich gehört hatte, bis es für die Landwirtschaft nutzbar sei.

Auf den Betonplatten ging es auch wieder zurück. An der Stadtstraße hielt ich kurz inne und überlegte, ob ich in den Park gehen oder ein anderes Ziel anvisieren sollte. Ich entschied mich dafür, einen Bummel über den Wochenmarkt zu unternehmen und dann weiterzusehen. Gefahr, dass ich dort während der näher rückenden Zehn-Uhr-Pause einem Klassenkameraden begegnen würde, bestand nicht. Es war strikt verboten, den Schulhof während der gesamten Dauer des Unterrichts zu verlassen.

Leider hatte ich die Rechnung ohne den Wirt gemacht. Sell und Sommerfeld, die sich wenig um Regeln und Vorschriften kümmerten, waren nämlich heimlich vom Schulhof entwichen, um auf dem Wochenmarkt Schabernack mit den Händlern zu treiben. Sie entdeckten und verfolgten mich. Als ich den Marktplatz verließ und zum schlecht befestigten Bartadeaux einbog, an dem sich wie gewöhnlich kaum Menschen aufhielten, griffen sie mich und warfen mich zu Boden.

„Oh, da haben wir ja einen Schulschwänzer erwischt!" rief Dieter aus, der sich auf meinen Bauch setzte und mir die Arme herunterdrückte. „Der Meier wird sich freuen, wenn wir Dich bei ihm abliefern."

„Für Schulschwänzer hat der nicht besonders viel übrig. Da lässt er gern den Rohrstock tanzen", ergänzte sein Freund, dem die Vorfreude auf diesen Augenblick im Gesicht geschrieben stand. „Und Du kannst nie sein Liebling werden. Das ist ein für alle Mal vorbei."

„So, Du stehst jetzt auf und begleitest uns brav zur Schule!" befahl Sell mir in barschem Ton und stieg von mir herunter.

Ich erhob mich und versuchte, davonzulaufen, wurde aber von den Beiden gepackt und mit Fausthieben auf den gesamten Körper traktiert. Als mich mehrere Fausthiebe von Sell in den Magen trafen, blieb mir vor Schmerzen die Luft weg und ich sackte zu Boden. Sell und Sommerfeld sahen sich erschrocken an und suchten dann das Weite - nicht, ohne mir zuvor noch zu drohen:

„Wenn Du auch nur ein Wort erzählst, bist Du fällig."

Ich erhob mich mühsam und schnallte meinen Ranzen, der mir beim Sturz abgefallen war, wieder um.

„Ich habe alles beobachtet", sagte plötzlich ein alter Mann, der wie aus dem Nichts neben mir aufgetaucht war. „Bist Du verletzt? Kann ich dir irgendwie helfen?"

„Nein danke, es geht schon. Ich will jetzt nach Hause", erwiderte ich.

„Ja, geh nur. Ich wohne übrigens da in dem

Haus. Wenn Du Hilfe benötigst..."

Der alte Mann wies auf ein altes, hässliches Gebäude nicht weit entfernt von uns.

„Danke, das ist nett."

Ich drehte mich um und ging durch den Stadtpark nach Hause. Dort erzählte ich zuerst meiner Mutter, später auch meinem Vater, was heute vorgefallen war - und natürlich die gesamte Vorgeschichte. Meine Eltern zeigten sich schockiert und nahmen mich tröstend in den Arm.

„Oh mein Junge, was hast Du nur durchmachen müssen", sprach meine Mutter zu mir und streichelte meinen Hinterkopf. „Weshalb bist Du bloß nicht eher zu uns gekommen? Wir hätten schon etwa gegen diese Jungen unternommen."

„Ja, das verstehe ich auch nicht. Du weißt doch, dass wir sofort reagieren, wenn Du ein Problem hast oder gar bedroht wirst", fügte mein Vater hinzu.

„Kann ich nicht sagen. Vielleicht habe ich ja gehofft, dass alles letztendlich irgendwie im Sande verläuft. Aber das war ein Irrtum", antwortete ich.

Mein Vater nahm meine Hand und drückte sie fest.

„Ich sorge dafür, dass diese beiden Rabauken hart bestraft werden, darauf kannst Du Dich verlassen. Sie werden Dich ein für alle Mal zufriedenlassen."

Das Funkeln in seinen Augen verriet mir, dass es in ihm brodelte. In diesem Zustand war er geradezu gefährlich. Sell und Sommerfeld konnten sich auf einiges gefasst machen. Aber auch Meier, von dessen wiederholten verbalen Ausfällen und Schikanen gegen mich ich ihm ebenfalls berichtete.

Das Herz klopfte mir bis zum Halse, als ich am nächsten Morgen mit meinem Vater das Schulgelände betrat: Ich fürchtete die Auseinandersetzungen mit meinem psychopathischen Klassenlehrer und dem aggressiven Freundes-Duo, die sicherlich auf uns zukamen. Auf der anderen Seite war ich froh, dass mein Vater endlich mit diesen Unmenschen, als die ich sie ansah, aufräumte und dafür sorgte, dass ich wieder unbeschwert zur Schule gehen und lernen konnte.

Auf dem Schulhof begegnete uns der Hausmeister, der meinen alten Herrn ansprach und ihn bat, einige Worte mit ihm wechseln zu dürfen. Dieser erklärte sich einverstanden.

„Du kannst ja schon vorgehen, wenn Du willst. Aber warte auf jeden Fall vor der Klasse auf mich", sage er zu mir und strich mir übers. Haar.

Ich nickte und zuckelte Richtung Schulgebäude, hinter dessen Mauern bereits der Unterricht begonnen hatte. Eine Zeit lang blieb ich unschlüssig davorstehen, um schließlich hineinzugehen und wie unabsichtlich zu meiner Klasse zu schlendern. Dort horchte ich an der Tür und vernahm Meiers Stimme, die an diesem Morgen besonders gereizt klang. Plötzlich sprang die Tür auf und Sell wurde sichtbar.

„Herr Meier, Herr Meier, der Schulschwänzer ist da!" schrie er.

Als ich zu meinem Vater laufen wollte, hielt er mich so lange fest, bis Meier zur Stelle war. Dieser drängte mich in den Klassenraum und ließ die Tür hinter mir zufallen.

„Das ist ja eine große Ehre für uns, dass Du wieder einmal bei uns vorbeischaust. Womit haben wir denn das nur verdient? Aber womit Du dies verdient hast, weißt Du ja…"

Bei diesen Worten nahm er den Rohrstock aus dem Schrank und forderte mich auf, mich zu bücken.

„Ich werde Dir ein für alle Mal abgewöhnen, die Schule zu schwänzen. Bislang habe ich noch jeden Schulschwänzer wieder auf den rechten Pfad gebracht. Das wird mir bei Dir auch gelingen, da kannst Du sicher sein."

Ich gehorchte mechanisch und bückte mich. Ein Schlag sauste auf meinen Po nieder, kurz darauf ein zweiter und dritter. Ich schrie voller Schmerzen auf. In diesem Augenblick stürmte mein Vater herein. Er riss Meier den Rohrstock aus der Hand, zerbrach ihn in mehrere Teile und warf sie ihm vor die Füße.

„Eigentlich sollte man Sie damit verdreschen, bis Sie nicht mehr stehen können - Sie Pädagoge", brüllte er den erschrockenen Pauker in fast schmerzhafter Lautstärke an. Dabei trat er ihm so nahe, dass dieser zurückwich und schützend die Hände vor sich hielt. „Glauben Sie mir, Sie haben zum letzten Mal meinen Sohn geschlagen."

In die Klasse, die bislang wie paralysiert den Zwischenfall verfolgt hatte, kam Bewegung. Die meisten Schüler litten unter Meier und freuten sich nun, dass dieser „mal richtig eins auf den Deckel" bekam, wie sie es wohl formuliert hätten. Dies drückte sich in zunehmendem schadenfrohem Gelächter und an die Adresse des Paukers gerichteten Beleidigungen aus, die sie hören ließen. Der Bann der Furcht, der sie so lange gelähmt hatte, war gebrochen, nun machte sich ihre unterdrückte Wut Luft.

Sell und Sommerfeld hingegen zeigten sich schockiert über das orkanartige Auftauchen meines Vaters und erwarteten jeden Augenblick, dass sie nun an die Reihe kämen. Tatsächlich aber wandte er sich nur kurz an sie und stellte ihnen in Aussicht, dass er ihnen sehr bald alle Aufmerksamkeit schenken wolle, die sie verdienten. Er könne ihnen jedoch jetzt schon versichern, dass auch sie sich nie wieder an mir, seinem Sohn, vergreifen würden. Bei diesen Worten schoss er einen Blick auf sie ab, der sie bis ins Mark traf.

„So, Meier, und wir beide gehen nun einen Augenblick vor die Tür. Ich habe Ihnen nämlich ein paar Reihen zu erzählen", richtete mein alter Herr das Wort wieder an den Pauker. Dieser nickte ergeben, gab der Klasse ein Zeichen, dass sie sich ruhig verhalten solle und schlüpfte, gefolgt von meinem Vater, hinaus: Aus dem tyrannischen Pauker schien ein verzagter Waschlappen geworden zu sein, der alles mit sich machen ließ.

Es dauerte nicht lange, bis von draußen Stimmen laut wurden. Bereits nach wenigen Augenblicken gewann die meines Vaters die Oberhoheit und gab sie bis zum Ende der verbalen Auseinandersetzung nicht mehr ab. Diese Stimme bedrängte Meier, trieb ihn vor sich her, nahm ihn in den Würgegriff, ließ ihn nicht mehr los. Diese Stimme war wie eine Hydra, die sich um ihn legte und ihm den Rest an Lebenskraft und Atem nahm: Sie hatte ihn völlig im Griff. Plötzlich herrschte

Ruhe und Meier trat mit bleichem Gesicht und leicht zitternd in die Klasse. Er ging auf Sell und seinen Busenfreund zu und forderte sie auf, mit ihm zu kommen.

„Wir gehen jetzt zum Rektor!", informierte er sie. Mir gab er ein Zeichen, mich ihnen anzuschließen, wobei er versuchte, mich anzulächeln. Das ging aber gründlich schief. Heraus kam lediglich eine bemitleidenswerte Grimasse. Bevor der Pauker mit uns verschwand, ermahnte er nochmals die Klasse, Ruhe zu bewahren, bis er zurück sei.

Bei Rektor Paulsen ging dann die Auseinandersetzung in die zweite Runde. Mein Vater eröffnete, indem er sich massiv und lautstark über Meier beschwerte, der mich, seinen Sohn, brutal misshandelt habe, weil er der Schule ferngeblieben sei.

„Er hat ihm nicht die geringste Chance gegeben, sich zu erklären oder zu rechtfertigen, sondern sofort zugeschlagen. Dieser Mann ist kein Pädagoge, sondern ein sadistischer Schläger, der nicht in den Schuldienst gehört. Ich fordere Sie auf, dafür zu sorgen, dass er sobald wie möglich aus dem Schuldienst entfernt wird."

Bei diesen mit großer Heftigkeit vorgetragenen Worten brandete auf dem langen Flur vor dem Rektorzimmer tosender Beifall, vermischt mit zustimmenden Bemerkungen und Rufen, von etwa 200 Opfern des Paukers auf. Es waren Schüler aus sämtlichen Klassen, die natürlich mitbekommen hatten, was sich an ihrer Schule zutrug und sich nun das Strafgericht, das über Meier hereinbrach, auf keinen Fall entgehen lassen wollten. Auch einige Lehrkräfte befanden sich darunter, die mit der Rohrstock-Pädagogik ihres Kollegen nicht einverstanden waren und auf diese Weise ihrem Protest Ausdruck verleihen wollten.

Rektor Paulsen, auch nicht unbedingt ein

Freund Meiers, nahm die Demonstration vor seinem Hauptquartier, wie er sein Bureau gern bezeichnete, mit einem leichten Hochziehen der Augenbrauen zur Kenntnis und forderte mich dann in gütigem Tonfall auf, zu berichten, was vorgefallen sei.

„Erzähle uns alles! Ich weiß, dass Du kein Schulschwänzer bist."

So breitete ich also die gesamte Geschichte mit Sell und Sommerfeld aus - bis zu dem Zeitpunkt, als sie mich am Bartadeaux überfielen und zusammenschlugen.

„Das ist ja wirklich eine schlimme Geschichte, wirklich schlimm. Und dann kommt dieser Meier und setzt noch eins oben drauf!!" stellte Paulsen kopfschüttelnd fest und warf dem Genannten, auf dessen Stirn feine Schweißtropfen standen, einen strafenden Blick zu. Dieser zuckte wie ein Hampelmann mit den Schultern.

„Aber das konnte ich ja nicht wissen..."

„Eben, Meier. Sie wussten nicht, haben aber sofort zugeschlagen. Typisch für Sie… Aber diesmal, so habe ich fest das Gefühl, wird es Konsequenzen für Sie haben."

„Ich habe immer nur das Wohl der Schüler im Sinn".

Mein Vater lachte höhnisch auf.

„Und das misst sich an dem Schmerz, den Sie ihnen zufügen, wie?"

„Körperliche Züchtigung muss sein."

„Da sind aber viele Eltern anderer Meinung, insbesondere, wenn Sie die Züchtigung vornehmen."

Der Rektor schlug mit der Faust auf den Tisch.

„Meine Herren, ich bitte Sie, mich fortfahren zu lassen! Ihren grundsätzlichen Streit können Sie ja meinetwegen bei anderer Gelegenheit fortsetzen."

Mein Vater und der Fettwamst schwiegen. Paulsen nahm Sell und Sommerfeld, die während der gesamten Zeit unbeweglich auf der Stelle verharrt und auf den Boden gestarrt hatten, in den Blick und musterte sie von oben bis unten.

„Hm, ja - dann erklärt mir einmal, weshalb Ihr den Gernot so unter Druck gesetzt und geschlagen habt. Abstreiten wollte Ihr es wohl nicht?"

Die beiden Jungen schüttelten den Kopf.

„Also bitte! Ich warte..."

Sell kratzte sich verlegen am Kopf.

„Das hat sich irgendwie so ergeben. Wir hatten immer das Gefühl, dass er uns nicht mochte und nichts mit uns zu tun haben wollte."

„Aber wir wollten das alles nicht", fügte Sommerfeld kleinlaut hinzu.

„So, so. Ihr wolltet das alles nicht. Aber es ist nun einmal geschehen und dafür erwartet Euch eine saftige Strafe. Und wir werden natürlich Eure Eltern informieren."

Dies waren keine schönen Aussichten für die beiden Jungen, mit denen Paulsen aber noch nicht fertig war.

„Ich erwarte von Euch, dass Ihr Gernot in Zukunft nicht nur zufriedenlasst, sondern auch freundlich und respektvoll behandelt. Wenn mir auch nur die geringsten Klagen kommen, sehen wir uns hier wieder und dann werde ich mit Euch Schlitten fahren, gleichgültig, welche Jahreszeit wir haben."

Sell und Sommerfeld warfen sich einen vielsagenden Blick zu und nickten. Paulsen wandte sich Meier zu, der von einem Bein auf das andere hampelte.

„Was Sie angeht, so ist die Angelegenheit noch nicht beendet. Sie wird ein offizielles Nachspiel haben und sicherlich noch viele Kreise ziehen. Was ich jetzt im Augenblick von Ihnen erwarte, ist ja wohl klar, oder?"

Meier brachte ein kaum hörbares „Ja" über die Lippen und drehte sich dann zu mir um.

„Tja, Gernot, es tut mir aufrichtig leid, was da passiert ist. Ich bin untröstlich. Ich wollte, ich könnte es rückgängig machen..." Der Pauker hielt mir seine Hand hin. „Willst Du nicht einschlagen?"

Ich wusste nicht recht und warf meinen Vater einen fragenden Blick zu. Dieser deutete durch eine Geste an, dass ich es selbst entscheiden müsse. Nach kurzem Zögern ergriff ich die verhältnismäßig kleine, gepflegte Hand und drückte sie leicht.

„Das ist nett von Dir, Gernot. Ich denke, dass wir in Zukunft ein besseres Verhältnis haben werden."

„Sie werden sich bemühen, in Zukunft zu allen Schülern ein besseres Verhältnis zu gewinnen, da bin ich sicher. Ob der Begriff Zukunft allerdings auch auf Ihren Schuldienst anwendbar ist, wage ich zu bezweifeln."

Meier zuckte leicht zusammen, antwortete

aber nicht. Der Rektor schaute auf die Uhr über ihm und löste dann die Runde auf.

„Tja, das wäre es erst einmal. Aber ich bin sicher, dass wir uns alle wiedersehen werden."

Nach und nach verließen alle Anwesenden Paulsens „Hauptquartier". Als Meier auf den Flur trat, überschütteten ihn die dort versammelten Schüler mit Schmäh- und Buhrufen und forderten ihn auf, den Schuldienst zu quittieren. Beim Erscheinen meines Vaters hingegen, der zuletzt hinausging, brachen sie in einen unbeschreiblichen, an dieser Schule noch nie erlebten Jubel aus. Immer wieder ließen sie ihn hochleben und dankten ihm für seine deutlichen Worte gegen den tyrannischen Pauker. Mein alter Herr reagierte darauf mit großer Zurückhaltung. Lediglich für einen flüchtigen Augenblick blitzte in seinen Augen so etwas wie Genugtuung und Stolz auf.

Was mich selbst betrifft, so war für mich der Unterricht an diesem Morgen beendet. Mein Weg führte mich an der Hand meines Vaters nach Hause, wo ich mich nach allen, was geschehen war, erst einmal erholte. Am nächsten Morgen erfuhr ich von meinen Klassenkameraden, dass Meier, nachdem er kurz in der Klasse erschienen war, wie vom Erdboden verschluckt war. Der Rektor, der wenig später im Türrahmen auftauchte, schickte die in lauten Jubel ausbrechenden Pennäler dann nach Hause.

„Herr Meier fühlt ich nicht wohl", teilte er ihnen mit.

Ich war der letzte Schüler, den der psychopathische Lehrer schlug. Strenge Maßregelung von „oben" über sein Fehlverhalten mir gegenüber sowie eine Anti-Meier-Elternbewegung unter der Führung meines Vaters, die, allerdings erfolglos, die Entlassung des „Schlägers" aus dem Schuldienst forderte, lösten ein Umdenken in ihm aus: Fortan benutzte er den Rohrstock nur noch als verlängerten Zeigefinger. Dabei mag auch eine Rolle gespielt haben, dass er viele anonyme Drohungen erhielt, bei einem erneuten Übergriff gegen einen Schüler mit Schlägen rechnen zu müssen. Als er Mitte der sechziger Jahre verstarb, ließen es sich viele Eltern nicht nehmen, sich in Nachrufen kritisch über seine Person und seine pädagogischen Fähigkeiten zu äußern. Das war schon ein außergewöhnlicher Vorgang. Sell und Sommerfeld, die zu Strafarbeiten und Nachsitzen „verdonnert" wurden, ließen mich fortan links liegen. Näher kamen wir uns nie.

4. Ruhestand und die Einkehr des Käfers

Ein Jahr nach meiner Einschulung wurde
mein Vater in den Ruhestand entlassen, was
keineswegs eine Krise in ihm auslöste. Er
hatte sich lange auf dieses einschneidende
Ereignis vorbereitet und nahm es verhältnismäßig gelassen hin. Fortan widmete er sich
noch mehr „seinem" Schäferhundverein
„Wolf", den er seit seinem Eintritt im Jahre
1952 leitete. Seit damals waren die Mitglie-
derzahlen, die bis dato stagnierten, in die
Höhe geschnellt. Zeitweise musste sogar ein
Mitgliederstopp verfügt werden.

Beschäftigung hatte auch meine Mutter für
meinen „alten Herren", den sie noch mehr in
die Hausarbeit einband und insbesondere
verstärkt zum Einkaufen auf den Markt
schickte. Das lag ihm, wie sie wusste.

Mit jedem Händler, bei dem er Obst, Ge-
müse, Eier oder Fleisch erwarb, führte er
lange Gespräche, wobei es vorzugsweise um

landwirtschaftliche Fragen ging. Sein Interesse daran war offensichtlich. Aber auch mit den einfachen Menschen auf dem Markt unterhielt er sich gern. Im angeregten Gespräch mit ihnen über Gott und die Welt blühte er sichtbar auf, was sich jedoch ebenso von seinen Gesprächspartnern sagen ließ. Sie hingen an seinen Lippen und sogen jedes Wort von ihm auf, als handele es sich um eine neue Heilslehre. Wenn er sich endlich von ihnen verabschiedete, stand ihnen der Trennungsschmerz ins Gesicht geschrieben.

Wenige Wochen, nachdem mein Vater in den Ruhestand gegangen war, äußerte meine Mutter ihm gegenüber dem Wunsch, in der örtlichen „Hygiene"-Fabrik, einem bedeutenden Papiertaschentücher- Hersteller, eine Arbeit aufnehmen zu wollen.

„Ich möchte dazu beitragen, unser geschrumpftes Haushaltsbudget ein wenig aufzustocken', begründete sie diesen Schritt.

Mein alter Herr, der selten Entscheidungen meiner Mutter in Frage stellte, erklärte sich einverstanden.

„Aber Du weißt, dass Du es nicht nötig hast. Ich beziehe eine anständige Rente, von der wir gut leben können", fügte er hinzu.

Etwa ein halbes Jahr später suchten meine Eltern mit mir den Autohändler „Schümann" in der Stadtstraße auf, der mehrere Automarken führte. Meine Eltern jedoch hatten nur Augen für den VW Käfer. Sie entschieden sich verhältnismäßig schnell für das blaue Modell, das dann vierzehn Tage später vor unserer Haustür stand. Fahren durfte ihn vorerst allerdings nur meine Mutter, die kurz vor dem Autokauf den Führerschein abgelegt hatte, während sich mein Vater noch intensiv darauf vorbereitete. Er hatte ursprünglich gar nicht selbst fahren wollen, sich aber schließlich von meiner Mutter dazu überreden lassen, es ihr gleich zu tun.

„Willst Du Dich wirklich um das Vergnügen bringen, Deinem geliebten Käfer die
Sporen zu geben?" fragte sie ihn lachend.

Die ersten Fahrten mit dem Volkswagen
führten nach Kollmar, Siehtwende, Krempe
und Herzhorn - sämtlich Ortschaften im
Handtuchformat, die vor unserer der „Haus-
türe" lagen. In die größeren Städte unseres
meerumschlungenen Bundeslandes traute
sich meine Mutter noch nicht. Doch nachdem
sie eine gewisse Fahrroutine erworben hatte
und sich sicherer fühlte, steuerte sie auch die
Kreisstädte Itzehoe, Segeberg und Heide an,
die ein wesentlich höheres Verkehrsauf-
kommen besaßen. Und schon bald unternahm sie mit meinem Vater und mir den ersten Trip in die nahe Millionenstadt Hamburg,
genauer: zum Fischmarkt in Altona, wo jeder
Händler ein Original und jedes Produkt ein
Sonderposten war.

Mein Vater freute sich, dass meine Mutter

so selbstständig war und Auto fuhr. Das galt damals, als die Frau noch die Einwilligung ihres Mannes benötigte, um den Führerschein zu erwerben, als seltene Ausnahme. Was seine eigenen Fahrkünste betraf, so musste er sich nicht verstecken: Er fuhr recht passabel. Die Prüfung, in die er schließlich gut vorbereitet ging, bestand er glänzend. Im theoretischen Teil unterlief ihm dank seines phänomenalen Gedächtnisses nicht ein einziger Fehler, im praktischen lediglich ein unerheblicher Flüchtigkeitsfehler.

„Für mein Alter bin ich doch wirklich nicht schlecht", meinte er, zurück in den eigenen vier Wänden, zu meiner Mutter und mir, wobei er fortwährend mit dem neu erworbenen Führerschein wedelte. „Wie wäre es jetzt mit einer kleinen Ausfahrt?"

„Aber iss doch erst etwas. Du hast heute ja noch gar nichts gegessen," wandte meine Mutter besorgt ein.

Aber mein Vater wollte nicht essen, sondern fahren. So setzte er sich erstmals hinter das Lenkrad unseres blauen VW-Käfers und kutschierte uns ziellos durch die Gegend, was ihm großes Vergnügen bereitete. Bisweilen fuhr er für einen Anfänger zu waghalsig. Dann griff meine Mutter ein und pfiff ihn freundlich, aber entschieden zurück. Im Außenhafen, genauer: vor der imposanten Werkhalle der Holzfirma Gehlsen, legte er schließlich eine Pause ein.

„Na, wie war ich?" wollte er von meiner Mutter und mir wissen und sah uns erwartungsvoll an.

„Du warst spitzenmäßig", bescheinigte ich meinem alten Herrn, der sich über mein Lob freute und mich mit seinen blauen Augen anstrahlte.

„Ja, Du warst gut, Hans", befand auch meine Mutter. „Aber ich bitte Dich, doch ein wenig vorsichtiger zu fahren. Wie leicht ist ein Unfall passiert", fügte sie mit besorgter Miene hinzu.

Mein Vater nickte.

„Du hast ja recht. Ich werde mich am Riemen reißen."

Bevor wir unsere Fahrt fortsetzten, schlenderten wir zur Mole, von wo aus man einen herrlichen Ausblick auf den Elbstrom hatte, der an dieser Stelle mehr als dreieinhalb Kilometer breit war und nach etwa zwanzig Kilometern in westlicher Richtung in die Nordsee mündete. An diesem Tag war die Sicht besonders gut, so dass man bis zur Schleusenstadt Brunsbüttel am Nord-Ostsee-Kanal blicken konnte.

Mein Vater liebte die Elbe und ließ es sich nicht nehmen, mehrmals wöchentlich, allein oder in Begleitung, einen Spaziergang dorthin zu unternehmen. Dabei nahm er stets dieselbe Route. Sie führte auf dem Hinweg am Burggraben entlang über den Deich und auf dem Rückweg durch die Stadt, wo er häufig im Vereinslokal „seines" Schäferhundvereins, dem „Gasthof Raumann", einkehrte. Dort ließ sich der konsequente Antialkoholiker am Stammtisch nieder, schlürfte sein geliebtes Malzbier und unterhielt sich mit Vereinsmitgliedern. Natürlich kamen auch viele andere Lokalgäste an seinen Tisch, um ein paar Worte mit ihm zu wechseln. Wenn der Andrang zu groß wurde, griffen die Wirtsleute, das noch verhältnismäßig junge Ehepaar Raumann, ein und sorgten dafür, dass sich die Situation entspannte. Für meinen Vater war dieser regelmäßige Spaziergang so etwas wie ein Lebenselixier und aus seinem Alltag nicht mehr wegzudenken.

Nachdem meine Eltern und ich eine Zeit lang die Schiffsbewegungen auf der Elbe verfolgt hatten, drängte es meinen alten Herrn, das Lenkrad seines geliebten VW Käfers wieder in beide Hände zu nehmen. Wenig später stiegen wir in den „Blauen" ein, meine Eltern vorn und ich hinten. Der Motor heulte auf - und schon war der Unfall passiert. Mein Vater hatte aus Versehen den Rückwärtsgang eingelegt und war gegen einen mächtigen Findling mit einer Flutmarke gerammt.

Im ersten Augenblick waren wir Drei wie gelähmt. Dann sprangen wir aus dem Wagen und besahen uns den Schaden, der glücklicherweise nur gering war: Die Stoßstange hatte lediglich eine Delle davongetragen. Trotzdem war mein Vater untröstlich und schüttelte immer wieder seinen Kopf über sein Versagen, wie er den an sich unbedeutenden Unfall wertete. Schließlich bat er meine Mutter, uns nach Hause zu fahren, was sie auch nach kurzem Zögern tat. Damit war die Fahrer-Karriere meines Vaters beendet. Zu Hause legte er den frisch erworbenen Führerschein in seine Dokumentenmappe -

und darin blieb er bis zu seinem Tod. Er hat nie wieder ein Auto gefahren.

Meine Mutter, der nun die alleinige Chauffeurrolle zufiel, verwuchs im Laufe der Zeit mit unserem VW Käfer, der seine Dienste im Alltag und bei den zahlreichen Ausflügen in die nahe und fernere Umgebung leistete. Ein Leben ohne diesen blechernen Gefährten konnten wir uns gar nicht mehr vorstellen. Er war sozusagen das vierte Familienmitglied.

„Ich habe immer gewusst, dass der Volkswagen etwas ganz Besonderes ist und seinen Weg machen wird", sagte er eines Tages nach einem Ausflug zum Nord-Ostsee-Kanal und streichelte den „Blauen". „Ja, ich hatte schon immer eine Nase für besondere Projekte", fügte er hinzu.

5. Es kann nur einen Vorsitzenden geben

Das wichtigste, jährlich wiederkehrende Ereignis im Leben des Schäferhundvereins „Wolf" war neben dem „Tag der offenen Tür" die Hauptversammlung im Gasthaus „Raumann". Die einzige, zu der mich mein Vater jemals mitnahm, war die im Jahre 1956, als meine Mutter mit einer Blinddarmentzündung im Glücksräder Kreiskrankenhaus, dem so genannten Lazarett, lag: Er wollte mich zu Hause nicht allein lassen.

„Ich weiß, dass Vereine nichts für Dich sind und Du Dich bestimmt langweilen wirst. Aber ich halte es doch für besser, wenn Du mich begleitest", sprach er zu mir und drückte mich fest an sich.

Doch langweilte ich mich keineswegs, wie sich am Veranstaltungsabend herausstellte. Ganz im Gegenteil! Die Hauptversammlung verlief äußerst spannend, was damit zusammenhing, dass die turnusmäßige Wahl des

Vorsitzenden, also meines Vaters, auf dem Programm stand - und diese hatte es diesmal in sich.

Vorgeschaltet waren die übliche Verlesung des Rechenschafts- sowie des Kassenberichts und die Entlastung des Vorstandes - Tagesordnungspunkte, denen die anwesenden Vereinsmitglieder verhältnismäßig gleichgültig über sich ergehen ließen. Lebendig wurden sie erst, als der gewählte Versammlungsleiter nach einer kurzen Raucherpause die Wahl offiziell eröffnete. Auf seine Frage, ob außer meinem Vater noch jemand für das Amt des Vorsitzenden kandidieren wolle, meldete sich zur Überraschung aller Jens Kollart, ein junger Maurergeselle, der im Verein das Amt des Kassenwarts wahrnahm und sich durch besonderen Ehrgeiz auszeichnete: Das war gegen jede Absprache!

Für einen Augenblick herrschte völlige Stille im großen Versammlungsraum des

Gasthofs Raumann, dann brach ein beispiel-
loser Sturm der Entrüstung los, wie er in der
gesamten Vereinsgeschichte noch niemals
vorgekommen war. Die anwesenden Schäferhundfreunde schrien und tobten minuten-
lang, einige packten Kollart und bedrohten
ihn. Der machtlose Versammlungsleiter griff
zu seinem Ein-Liter-Maßkrug und leerte es
bis zur Neige.

Mein Vater verfolgte den Aufstand seiner
Anhänger mit innerer Genugtuung, wie mir
nicht entging. Bisweilen umspielte ein leichtes, manchmal arrogantes Lächeln seinen
Mund, das sich aber schnell wieder verflüch-
tigte. Ich war mir sicher, dass sein Eingreifen
zum sofortigen Ende des Tumults geführt
hätte, doch er dachte nicht daran: Er kam ihm
sehr gelegen.

Auf mich hingegen wirkten die Vorgänge
im Versammlungssaal beängstigend. Als
mein Vater dies bemerkte, gab er mir ein

Zeichen, aufzustehen und ihm zu folgen. Im
Gastraum bestellte er für sich selbst und
mich zwei Glas Malzbier, die wie genüsslich
leerten.

„Es tut mir leid, dass Du dies alles miterle-
ben musst. Nimm es Dir bitte nicht zu Her-
zen!" sprach er tröstend zu mir. „Aber Du
wirst sehen, bald ist alles vergeben und vergessen und es herrscht wieder eitel Sonnen-
schein im Verein."

Aus dem Versammlungssaal drangen ver-
einzelte Stimmen, die nach meinem alten
Herrn riefen. Nach und nach wuchsen sie zu
einem stimmgewaltigen Klangkörper an, der
in Sprechchören sein Erscheinen forderte.

„Hm - dann muss ich wohl!" äußerte mein
Vater zu mir und grinste leicht. „Wenn Du
möchtest, kannst Du hierbleiben und meinetwegen in den Mappen lesen. So lange
wird es auch nicht mehr dauern."

„Nein, ich komme mir Dir", antwortete ich

ihm.

Das Erscheinen meines Vaters im Versammlungssaal löste bei den anwesenden Vereinsmitgliedern, mit Ausnahme Jens Kollarts, orkanartige, nicht enden wollende Jubelstürme aus. Ein Außenstehender hätte sich wohl gefragt, ob hier ein Vereinsvorsitzender oder die Rückkehr Jesu Christi gefeiert wurde.

Mein alter Herr nahm es eine Zeitlang gelassen hin, bis er schließlich mit erhobenem Arm bedeutete, Ruhe eintreten zu lassen. Diese stellte sich augenblicklich ein. Anschließend sorgte er dafür, dass sein Gegenkandidat, den einige stämmige Vereinsmitglieder in den Schwitzkasten genommen hatten, freigelassen wurde. Erst dann begann er, sich mit einer mitreißenden Rede an die Anwesenden zu wenden - eine Rede, aus der sie noch Jahre später bei allen möglichen Gelegenheiten zitierten. Darin betonte er unter anderem das Recht Jens Kollarts, für den Vereinsvorsitz zu kandidieren, stellte aber gleichzeitig die Frage in den Raum, ob dieser tatsächlich das Wohl des Vereins im Auge habe.

„Daran habe ich doch meine gewissen Zweifel, denn er versucht, den Platz eines langjährigen und bewährten Vorsitzenden einzunehmen - eines Vorsitzenden, der sich aufopfert für den Verein und den Zielen, die er sich versschrieben hat. Jemand, der so handelt, hat wohl kaum das Wohl des Vereins im Sinn."

In der Versammlung erhob sich wütendes Geschrei. Viele erhoben die geballte Faust gegen Kollart und drohten ihm, was diesen veranlasste, sich so klein wie möglich auf seinem Stuhl zu machen.

„Aber gut, soll er kandidieren. Wir wollen ihm auf keinen Fall seine demokratischen Rechte nehmen", fuhr mein Vater fort. „Wir wollen aber auch auf keinen Fall gutheißen, was man nicht gutheißen kann, da es gegen die Interessen des Vereins gerichtet ist."

Die anwesenden Schäferhundfreunde beklatschten diese Aussage enthusiastisch, um nach und nach dazu überzugehen, in Sprechchören seinen Namen zu skandieren. Als es genug war, beendete mein Vater mit einer bloßen Handbewegung die Kehlkopfejakulationen und wandte sich dann direkt Kollart zu.

„Mein lieber Jens, Du weißt, dass ich Dich sehr schätze. Du bist ein ausgezeichneter, gewissenhafter und korrekter Kassenwart und bringst sicherlich viele Qualitäten mit, um ein höheres Amt als dieses im Verein zu bekleiden. Aber über eine Tugend verfügst Du nicht: über die Tugend, sein eigenes Ego zugunsten einer größeren Gemeinschaft beziehungsweise eines höheren Zieles zurückzunehmen. Gehe in Dich Jens, denke noch einmal über alles nach! Und wenn Du dann immer noch glaubst, kandidieren zu müssen, so wird Dich niemand davon abhalten. Du stehst unter meinem persönlichen Schutz."

In der Versammlung trat absolute Stille ein, die von einem plötzlichen, erschütternden Aufschrei Kollarts beendet wurde. Dieser stürzte auf meinen Vater zu und warf sich ihm mit den Worten: „Verzeih mir Hans!" zu Füßen, wo er mit beiden Armen fest dessen Unterschenkel umklammerte. Dabei weinte, schluchzte und wimmerte wie ein Schuljunge, der von seinem Lehrer eine Tracht Prügel bekommen hatte.

Mein alter Herr ließ dies einen Augenblick zu, um dann den verzweifelten jungen Mann an den Schultern hochzuziehen und ihm väterlich auf die Wangen zu tätscheln.

„Natürlich verzeihe ich Dir. Jeder macht einmal einen Fehler - und Du bist jung und musst noch viel lernen. Aber ich bin sicher, dass Du eines Tages die Reife besitzt, meinen Platz einzunehmen. Bis dahin wird allerdings noch viel Wasser die Elbe hinauf- und hinunterlaufen."

„Oh, danke, danke, Hans. Das werde ich Dir nie vergessen! Jetzt begreife ich, was für ein egoistisches, ehrgeizzerfressenes und verantwortungsloses Schwein ich bin. Ich schäme mich zutiefst und möchte am liebsten in Grund und Boden versinken. Aber ich will hier an dieser Stelle ein Versprechen abgeben: Ich verspreche Dir hoch und heilig, dass ich nur dann für den Vereinsvorsitz kandidieren werde, wenn Du mich ausdrücklich darum bittest", sprach Kollart unter Tränen zu meinem Vater.

Die beiden Männer fielen sich in die Arme und klopften sich gegenseitig auf die Schulter. Einen Versuch Kollarts, ihn zu küssen, wehrte mein Vater freundlich aber entschieden ab: Das mochte er gar nicht.

Die versammelten Schäferhundfreunde quittierten den versöhnlichen Ausgang des Konfliktes mit anhaltendem Beifall und Hochrufen auf den Vorsitzenden. Dieser nutzte die Gunst der Stunde, eine Grundsatzrede über die Schäferhundzucht und die Aufgaben eines Schäferhundvereins zu halten. Dabei pries er den Deutschen Schäferhund in höchsten Tönen, der über einzigartige, hervorragende Rassemerkmale verfüge, die keine andere Hunderasse aufzuweisen habe. Die Aufgabe eines Schäferhundvereins wie ihrem sei es, dazu beizutragen, dass diese Rassemerkmale rein und unverfälscht erhalten blieben.

„Auch wenn es heute verpönt ist, darüber zu sprechen, so will ich doch feststellen, dass auch das deutsche Volk über Rassemerkmale verfügt, die einzigartig sind. Deutsch sein, ob als Hund oder Mensch, heißt eben, besondere Qualitäten zu besitzen. Mehr will ich dazu nicht sagen."

Die Anwesenden, die mit angehaltenem Atem diese Passage der Rede verfolgt hatten, entfesselten nach einem kurzen Augenblick der absoluten Ruhe einen unbeschreiblichen, nicht enden wollenden Beifallssturm. Schließlich hielt es sie nicht länger auf ihren Stühlen. Sie sprangen auf, packten meinen Vater und warfen ihn mehrmals unter ohrenbetäubendes Gebrüll in die Luft.

Die Wahl zum Vorsitzenden verlief reibungslos und ging verhältnismäßig schnell vonstatten. Es verstand sich von selbst, dass auf meinen alten Herrn sämtliche der abgegebenen Stimmen entfielen, wofür dieser sich mit herzlichen Worten bedankte. Nicht lange nach der Wahl verabschiedete er sich mit Hinweis auf mich: Er könne mir, seinem Sohn, nicht zumuten, noch länger zu bleiben.

6. Eine schockierende Nachricht

Mit dem Wechsel zur Realschule 1959 begann für mich ein neuer Lebensabschnitt. Fortan besuchte ich eine moderne, fortschrittliche Schule mit vorzugsweise jungen, aufgeschlossenen Lehrern, mit denen man reden, sich auseinandersetzen und sogar Spaß haben konnte: Welch ein Unterschied zur miefigen, reaktionären und kleingeistigen Volksschule, in der ich bisher die harte Schulbank gedrückt hatte!

Allerdings zeichnete ich mich auch auf dieser Schule nicht durch besonderen Fleiß aus und spielte stattdessen lieber den Klassenclown, der auch häufig den Unterricht störte. Überhaupt nahm ich es mit den Regeln, die an dieser Schule galten, nicht so genau und geriet dadurch häufiger in Konflikt mit meinen Lehrern, die ich ja eigentlich mochte. Bei meinen Klassenkameraden und darüber hinaus auch bei allen anderen Schülern der

Realschule, galt ich als „cooler Typ" und war so etwas wie ihr umschwärmter, bewunderter Wortführer. So wählten sie mich jedes Jahr zum Klassen- und Schulsprecher, den sie stets vorschickten, wenn es galt, einen Wunsch oder eine Forderung der Schülerschaft gegenüber dem Lehrkörper vorzutragen.

Hin und wieder, wenn ich es bei meinem Einsatz für die Interessen der Schülerschaft zu weit getrieben und die gesamten oder großen Teile der Lehrerschaft gegen mich aufgebracht hatte und die Drohung des Schulverweises wie ein Damoklesschwert über mir hing, sprang mein Vater für mich in die Bresche und haute mich wieder heraus. Dabei vergaß er nie, auf die besonderen Talente aufmerksam zu machen, die in mir schlummerten wie beispielsweise mein fotografisches Gedächtnis sowie meine mathematische und künstlerisch-malerische Begabung:

Einen solchen Schüler könne man nicht von der Schule verweisen.

„Wenn Sie sich über seine Aufsässigkeit, seine Respektlosigkeit und ein häufiger Verstoß gegen die Schulordnung beklagen, so bedenken Sie bitte, dass es ihm dabei immer um das Wohl der Schülerschaft geht, für das er sich einsetzt", beschwor er so oder ähnlich die Vertreter des Lehrkörpers bei seinen Canossagängen. Diese endeten gewöhnlich damit, dass mein Vater versprach, auf mich einzuwirken, damit ich mich mehr an die Gepflogenheiten der Schule halte und einen konzilianteren Umgang mit den Lehrkräften an den Tag lege.

Zu Hause, bei einem zumeist lockeren Gespräch über den Verlauf seiner Intervention, rang er mir jedes Mal das Versprechen ab, mich ein wenig in der Schule zu zügeln - ein Versprechen, das ich aber schnell wieder brach.

Eines Tages, genauer: im Mai 1964, als er wieder einmal von einem Beschwichtigungsgespräch mit meinem Klassenlehrer zurückkehrte, hatte er plötzlich einen quälenden Hustenanfall, verbunden mit starkem Bluthusten. Meine Mutter und ich waren zutiefst erschrocken und wollten mit ihm umgehend ins Glückstädter Kreiskrankenhaus fahren. Doch mein Vater winkte energisch ab.

„Das können wir uns sparen. Ich weiß, was mit mir los ist."

Dann berichtete er uns erstaunlich sachlich, dass sein hartnäckiger Husten in jüngster Zeit verstärkt mit Blutauswurf verbunden sei und seine Atembeschwerden zunähmen. Deshalb habe er vor einer Woche unseren Hausarzt aufgesucht. Dieser hätte ihn sich zur Brust genommen und ihm anschließend mit ernstem Gesicht eröffnet, dass bei ihm der Verdacht auf Lungenkrebs bestehe.

„Mehr konnte und wollte er mir zu diesem

Zeitpunkt nicht sagen. Näheres sollte die Untersuchung im Kreiskrankenhaus ergeben. Dort hat sich dann der Verdacht bestätigt: Lungenkrebs."

Meine Mutter schrie leise auf und wechselte einen verzweifelten Blick mit mir. Wir konnten nicht fassen, was wir da gerade gehört hatten.

„Oh Hans! Weshalb hast Du uns denn nichts erzählt?"

Sie umarmte meinen Vater und begann zu schluchzen.

„Ich wollte es ja, habe es jedoch immer wieder hinausgezögert."

„Aber es gibt doch sicherlich Heilungschancen. Was sagen denn die Ärzte? Wie geht es weiter?"

„Ja, wie geht es weiter... Ich habe einen so genannten nicht-kleinzelligen Lungenkrebs in einem fortgeschrittenen Stadium. Er ist inoperabel..."

„Was sagst Du, Hans...?"

„Ja, das ist die bittere Wahrheit."

„Das kann doch nicht sein."

„Es ist leider so."

Nun hielt es auch mich nicht länger in meinem Sessel. Ich sprang auf und stürzte in die Arme meines Vaters.

„Oh Papa…"

Wir Drei hielten uns eng umschlungen und weinten hemmungslos. Nach einer Weile beruhigten wir uns ein wenig. Meine Mutter sah meinen alten Herrn mit traurigen Augen an.

„Und wie lange…?"

„Tja, einige Monate. Alles, was darüber hinaus ist, ist ein Gottesgeschenk."

Wieder brachen wir Drei in heftiges Schluchzen aus, das noch lange anhielt. Von nun an lag ein tiefer Schatten über unserer kleinen Familie.

Eines Sonntagmorgens, als meine Mutter

mit einer Freundin einen Ausflug in die Lüneburger Heide unternahm, bat mich mein Vater in die Wohnstube, wo ich mich auf seinen Wink hin in einen der schweren Ledersessel fallen ließ, mit denen sie ausgestattet war. Er selbst machte es sich mir gegenüber auf der Couch bequem.

„Ich habe Dich hergebeten, weil ich Dir etwas zu sagen habe, nein, weil ich Dir etwas erzählen möchte. Es ist eine Geschichte - meine Geschichte, die Geschichte meines Lebens", begann er zu berichten. „Ich weiß, dass sie unwahrscheinlich oder besser: irrwitzig klingt. Aber so hat sie sich zugetragen. Nichts ist erfunden, nichts hinzugedichtet."

„Du machst mich wirklich neugierig, Papa."

„Du darfst aber auf keinen Fall mit Deiner Mutter darüber reden. Alles bleibt unter uns. Versprichst Du mir das?"

„Sicher, wenn Du es wünscht."

„Es würde sie nur belasten. Es ist besser so, glaub mir." Mein Vater warf einen nachdenklichen Blick aus dem Fenster. Er schien in diesem Augenblick mit seinen Gedanken weit weg zu sein. „Tja, dann also zu meiner Geschichte, Lebensgeschichte, die auch die Geschichte Deiner Mutter ist… Am 30. Januar 1933 ernannte Reichspräsident Paul von Hindenburg Adolf Hitler zum Reichskanzler. Dieser Mann war ich."

Ich schaute meinen alten Herrn verblüfft an und brach dann in lautes Gelächter aus.

„Papa, was wird denn das?"

„Klar, dass Du so reagierst. Aber noch einmal: Dieser Mann war ich."

„Dann wärst Du ja das Monster, das den Zweiten Weltkrieg, den Holocaust, millionenfaches Leid und millionenfachen Tod zu verantworten hätte. Papa, nun hör auf und verrate mir endlich, worauf Du hinauswillst!"

„Für die Verbrechen bin ich nicht verantwortlich. Das will ich ja gerade mit meiner Geschichte erzählen, Aber der Mann, den der greise Feldmarschall zum Regierungschef gekürt hat, sitzt vor Dir. Ich war beziehungsweise bin Adolf Hitler."

Ich muss zugeben, dass mir mein Vater, den ich über alles liebte, in diesem Augenblick unheimlich war. Hatten ihm die vielen Tabletten, die er aufgrund seiner Krebserkrankung einnehmen musste, den Verstand vernebelt? War er durchgedreht? Sollte ich vielleicht einen Arzt rufen? Ich erwog dies ernsthaft.

„Wenn Du Dich fragst, ob ich verrückt geworden bin, so sei versichert, dass ich bei völlig klarem Verstand bin. Ich will diese Geschichte erzählen, solange ich noch dazu imstande bin beziehungsweise bevor ich von meinen irdischen Geschäften abberufen werde."

„Oh Papa…"

„Am besten, Du machst es Dir bequem und hörst entspannt zu. Zum Schluss kannst Du mir dann so viele Fragen stellen, wie Du willst. Ich werde sie alle offen und wahrheitsgemäß beantworten. Können wir uns darauf verständigen?"

Ich nickte und mein Vater nahm einen zweiten Anlauf, um seine Geschichte oder Lebensgeschichte loszuwerden...

7. Die Geschichte meines Vaters

Jeder in Deutschland kennt die Bilder vom Tag der Machtübergabe am 30. Januar 1933 - beispielsweise wie ich mittags, umbrandet vom Jubel meiner Anhänger, die Reichskanzlei verlasse und in mein Auto steige, oder dem nächtlichen Fackelzug durch die durch die Hauptstadt, die ich von einem Fenster der Reichskanzlei aus beobachtete. Ebenso meine Sportpalastrede vom 10. Januar 1933, die Millionen auch am Radio verfolgten, sowie meine erste Rede als Reichskanzler vor dem Deutschen Reichstag am 23. März 1933.

Am frühen Nachmittag des 24. März flog ich zurück nach München, Hauptstadt unserer Bewegung. Unterwegs gingen mir alle möglichen Gedanken durch den Kopf. Ich dachte an den heftigen Streit mit Göring und Goebbels wenige Stunden zuvor. Erstmals, seitdem wir Seite an Seite für unsere Bewe-

gung kämpften, sah es nach einem endgülti-
gen Zerwürfnis zwischen uns aus. Grund war
meine Ankündigung, jetzt, nachdem wir die
Macht in Händen hatten, nur noch Maßnah-
men durchzuführen, die diese unmittelbar
sicherten. Alles andere wie Revanchekrieg
gegen Frankreich und die Judenvertreibung,
um zwei große Themen herauszugreifen,
sollten nach und nach dem Vergessen an-
heimfallen: Sie hatten ausgedient. Nur die
Rheinlandbefreiung und den Anschluss Österreichs, meiner Heimat, an das Deutsche
Reich wollte ich nach Möglichkeit auf fried-
liche Weise vollziehen. Dies waren politi-
sche Ziele, von denen mich nichts und niemand abbringen konnte.

In München angekommen fuhr ich direkt
zu meiner Privatwohnung am Prinzregenten-
platz. Dort erschien vielleicht gegen 20 Uhr
Deine Mutter, die dort einen eigenen Bereich
mit Zugang zu meinen Privaträumen hatte.

Wir verbrachten einige angenehme Stunden miteinander, bis etwa gegen Mitternacht Hermann Göring, Joseph Goebbels und Martin Bormann, umgeben von einer Handvoll Bewaffneter, in unserem Schlafzimmer erschienen. Sie forderten uns auf, aufzustehen und uns anzuziehen. Dann betäubten sie uns und brachten uns in zwei großen Kisten hinaus.

Ich erwachte wieder aufgrund eines höllischen Schmerzes in meinem Gesicht. Ich riss die Augen auf und sah, wie einige mir unbekannte Männer ein Schweißgerät ausschalteten und zurück in eine Schweißbox legten. Ein anderer Mann, der der direkt neben mir stand, hatte eine Spritze in der Hand, die er mir, der ich vor Schmerzen schrie, in den Oberarm rammte. Wieder umgab mich Nacht. Wie lange sie andauerte, weiß ich nicht. Ich weiß nur, dass sofort nach dem Erwachen wieder der höllische Schmerz da war. Ich befühlte mein Gesicht und stellte fest, dass es, bis auf einen schmalen Schlitz, mit einem dicken Mullverband umwickelt war.

Im Raum befanden sich zwei bewaffnete Männer beziehungsweise Wachen. Als sie bemerkten, dass ich erwacht war, ging einer der Männer hinaus, um nach etwa fünf Minuten in Begleitung von Hermann Göring, Joseph Goebbels und Martin Bormann zurückzukehren.

„Na, wieder da?" sprach Goebbels zu mir, wobei ein Grinsen seinen Mund umspielte. „Tut mir leid, dass wir Dir das antun mussten, schließlich sind wir langjährige Kampfgefährten - und Du hast unsere Bewegung zum Sieg geführt. Aber ich habe immer befürchtet, dass Du eines Tages von unseren großen Zielen abfallen würdest - und ich habe leider recht behalten. Für diesen Fall haben wir bereits vor geraumer Zeit Vorkehrungen getroffen, die jetzt umgesetzt werden. Keine Angst, wir wollen Dich nicht töten. Wir verschaffen Dir lediglich eine neue Existenz. Du wirst, sobald Deine Wunde verheilt ist, eine Schweißerausbildung in diesen Räumen absolvieren und dann nach Norddeutschland gebracht, wo ein einfaches Leben auf Dich wartet. Wenn Du Dich an die Spielregeln hältst, wirst Du überleben, wenn nicht, sofort liquidiert."

Joseph Goebbels und Hermann Göring wechselten einen bedeutungsvollen Blick miteinander.

„Adolf Hitler, den Deutschen Reichskanzler und Führer der NSDAP, wird niemand in Dir sehen, allenfalls eine gewisse Ähnlichkeit feststellen: Dazu ist Dein Gesicht zu sehr verunstaltet. Und der Bart auf der Oberlippe gehört der Vergangenheit an: Da wächst kein Haar mehr. Außerdem haben wir Ersatz für Dich besorgt - einen perfekten Doppelgän-

ger. Es wird Dich also niemand vermissen",
ließ sich Goering vernehmen, dem der
Schweiß auf der Stirn stand.

„Deiner Schickse, der Eva Braun, ist übrigens nichts geschehen, sie ist in Sicherheit",
wandte sich Bormann an mich. „Du darfst
Dich freuen: Sie wird Dein zukünftiges Leben teilen. Wenn Du willst, kannst Du Dir
also sogar Kinder anschaffen. Uns wäre es
nur recht, denn je normaler Dein Leben verläuft, desto besser."

„Auch für sie haben wir natürlich Ersatz
besorgt. Es scheint ja so, dass von jedem
Menschen, die er niemals abnahm. ein Dop-
pelgänger existiert ", fügte Goebbels hinzu.

Nachdem meine Gesichtswunde nach Wochen einigermaßen abgeheilt war, begann
meine von Goebbels angekündigte Schweißerausbildung. Erteilt wurde sie von einem
Mann, der nicht mehr ganz jung sein konnte,
wie seine grauen Haare an den Händen ver-

rieten. Der restliche Körper war in einen braunen Schweißeranzug gehüllt: sein Gesicht verbarg er hinter einer großen Schweißbrille, die er niemals abnahm. Der Unterricht dauerte täglich fünf Stunden und war unterteilt in einen praktischen Teil am frühen Morgen und einen theoretischen in den Nachmittagsstunden.

Es stellte sich schnell heraus, dass mir dieses Handwerk lag. Nach etwa einem halben Jahr beherrschte ich es so perfekt, dass ich es überall hätte ausüben können. Die theoretische und praktische Abschlussprüfung, die ich ablegen musste, bestand ich mit Auszeichnung. Dies ließ meinen Ausbilder nicht unbeeindruckt, der sich entgegen seinen Gewohnheiten sehr anerkennend über meine Leistungen auszierte.

„Ich habe noch niemals einen so begabten Schweißer-Schüler gehabt. Ich bin wirklich beeindruckt. Aber Sie verfügen ja über viele ausgeprägte Talente außer Ihrem politischen und Rednertalent. Beispielsweise malen Sie ausgezeichnet und fertigen interessante Bauskizzen an. Alle Achtung!"

Nach der Prüfung sah ich den Ausbilder nie wieder. Dafür jemand anderen - jemand, den ich schmerzlich vermisst hatte und dem mein ganzes Denken und Fühlen galt: Deine Mutter. Sie wurde von vier kalt wirkenden Wachleuten begleitet und trug eine große Kapuze über dem Kopf, die sie in meiner Gegenwart abnehmen durfte.

Wir fielen uns sofort um den Hals, drückten und küssten uns und brachen in langanhaltendes Schluchzen aus. Als wir uns etwas beruhigt hatten, sah sie mich genauer an und entdeckte schockiert meine Gesichtsnarbe. Sie schrie laut auf.

„Oh Adolf, was haben Sie mit Dir gemacht?" Sie nahm mein Gesicht in beide Hände und streichelte mich zärtlich. Dabei rannen ihr Tränen übers. Gesicht.

„Du weißt, was läuft? Sie haben Dir alles erzählt?" wollte ich von ihr wissen.

„Ja, ich weiß Bescheid. Mir kommt es alles vor wie ein Alptraum."

„Tja, leider ist es bittere Realität, mit der wir uns abfinden müssen. Aber sie lassen uns am Leben, aus welchen Gründen auch immer."

„Ich kann mir das alles noch gar nicht vorstellen. Wie soll das gehen?"

„Ich denke, das werden wir schon bald erfahren. Nachdem ich jetzt meine Schweißerausbildung beendet habe, werden wir wohl bald nach Norddeutschland gebracht. In welche Stadt, weiß ich allerdings nicht. Du?"

„Nein."

Einer der Wachleute sah auf die Uhr und befahl uns dann, unser Gespräch zu beenden.

„Machen Sie bitte Schluss! Aber Sie können sich schon morgen für einige Minuten wiedersehen."

Die Wachleute brachten Deine Mutter wieder in das Nebengebäude zurück, in dem sie untergebracht war und das sie bislang, ebenso wenig wie ich meine Unterkunft, hatte verlassen dürfen. In den folgenden Tagen sahen wir uns regelmäßig in den Nachmittagsstunden, wenn allerdings auch nur für jeweils etwa fünf Minuten. Am Wochenende kamen dann Goebbels, Göring und Bormann hinzu, die uns darüber informierten, dass wir am folgenden Tag nach Norddeutschland, genauer: nach Glückstadt an der Elbe, gebracht werden sollten.

„Eure neuen Papiere erhaltet Ihr in der neuen Wohnung, die wir für Euch organisiert haben. Du, Adolf, heißt zukünftig Hans Behringer und kommst aus einem Dorf nahe der Österreichischen Grenze. Und Du, Eva, kommst aus einem Kaff bei Rosenheim. Du bist eine geborene Breitner und trägst den schönen Vornamen Ellen. Ihr Beiden seid seit etwa einem halben Jahr verheiratet", ließ uns Goebbels wissen.

Deine Mutter und ich sahen uns vielsagend an.

„In unserer Region kennt Dich kaum jemand als Freundin Adolfs, in Norddeutschland niemand. Du wirst uns dort also bestimmt keine Schwierigkeiten bereiten", sprach Bormann mehr zu sich als zu Deiner Mutter, die er, aus welchen Gründen auch immer, nicht mochte.

Göring, dem auch diesmal Schweißperlen auf der Stirn standen, setzte mich davon in Kenntnis, dass ich zukünftig in der Schweißerabteilung des Eisenbahn-Ausbesserungswerks Glückstadt arbeiten würde: Das sei mein zukünftiger Arbeitsplatz.

„Früher hast Du unsere Partei zusammengeschweißt und nun eben Stahl und Eisen.

Tja, die Zeiten ändern sich. Aber es muss ja nicht unbedingt schlechter werden."

Der Dicke brach in lautes Gelächter aus, in das die anderen einstimmten.

„Eines möchte ich Dir als meinen langjährigen Kampfgefährten noch auf den Weg geben: Wir machen das alles nicht, weil wir machtgeil sind, sondern im Interesse und zum Wohl des Deutschen Volkes", wandte sich Goebbels an mich, nachdem das Gelächter verstummt war. „Wir wollen, dass es einer glänzenden Zukunft entgegengeht, einer Zukunft, die einzig und allein nur ihm gehört. Du wolltest ja von unseren Zielen abrücken - da mussten wir handeln."

Der kleine Mann mit dem Hinkefuß gab mir mit einer Handbewegung zu verstehen, dass er keine Antwort von mir wünschte. Zu guter Letzt unterrichtete uns Bormann darüber, dass wir am nächsten Morgen mit den Hühnern aufstehen müssten, etwa gegen fünf

Uhr.

„Also, Ihr wisst Bescheid!"

Dann verschwand das Verschwörer-Trio so schnell, wie es gekommen war. Deine Mutter und ich hatten noch Gelegenheit, eine kurze Zeit miteinander zu verbringen, in der wir fast ausschließlich über unseren Umzug, wenn man es so nennen wollte, nach Glückstadt sprachen. Wir waren verständlicherweise von tiefer Unruhe erfüllt und hofften, dass alles reibungslos, sprich: ohne irgendwelche Zwischenfälle, ablaufen würde.

Am nächsten Morgen, unmittelbar nach dem Frühstück, verpassten mir die Wachleute eine Kapuze und brachten mich dann zu einem Auto, das nur wenige Schritte entfernt vom Gebäude stand. Sie halfen mir auf den Rücksitz, auf dem bereits Deine Mutter saß. Wie ich als Mercedes-Liebhaber- und -Kenner sofort merkte, handelte es sich bei diesem Fahrzeug um eine Pullmann-

Limousine. In der Mitte befand sich eine weitere Sitzreihe, auf der, wie mir nicht entgehen konnte, zwei Wachleute Platz nahmen. Sie erteilten Deiner Mutter und mir striktes Redeverbot, dann startete das Luxusauto, um nach etwa zehn Minuten wieder zu stoppen. Die Türen gingen auf und Deine Mutter und ich mussten aussteigen. Anschließend legten wir einen Fußweg von vielleicht einhundertfünfzig Metern zurück, bevor wir mit Hilfe der Wachleute in ein Flugzeug, vermutlich eine Ju 52, einstiegen. Nicht lange, nachdem wir Platz genommen hatten, ertönte die Stimme Goebbels vor uns, der auf dem Beifahrersitz mitgefahren sein musste.

„Ich bedaure wirklich, dass wir Euch so viel Umstände machen müsst, aber es geht leider nicht anders… Tja, nun geht die Reise also los. Ich hoffe, dass Ihr Euch schnell an die neuen Verhältnisse gewöhnt und, soweit es möglich ist, ein normales Leben führen könnt. Ich weiß, dass es nicht einfach für Euch ist, doch es ist eine Chance. Und nochmals: Haltet Euch an die Spielregeln - in Eurem eigenen Interesse. Wenn nicht: Ihr wisst, was passiert. Dass Ihr ständig, natürlich absolut unauffällig, bewacht werdet, versteht sich von selbst. Unsere Leute werden sich als Arbeitskollegen, Nachbarn und Freunde tarnen und immer um Euch herum sein…"

Für einen Augenblick trat Schweigen ein, dann richtete der kleine Hinkefuß noch einmal das Wort an mich.

„Mir persönlich tut die ganze Geschichte leid, Adolf. Aber ich bin dies dem Deutschen Volke schuldig. Leb wohl!"

Wenig später startete der Flieger. Von wo aus, konnten wir allerdings nicht feststellen, denn wir mussten nach wie vor die Kapuzen tragen. Gespräche zwischen Deiner Mutter und mir waren erlaubt, jedoch schritten die

Wachleute sofort ein, wenn wir ein Thema ansprachen, das ihnen nicht genehm war.

„Bitte wechseln Sie das Thema!" hieß es dann jedes Mal.

Die Wachleute selbst sprachen nur im Flüsterton miteinander, hin und wieder entfuhr ihnen ein verhaltenes Lachen. Die Verpflegung an Bord war ausgezeichnet. Deiner Mutter und mir wurde jeder Wunsch umgehend erfüllt. Nach etwa einem einstündigen Flug setzte die Ju 52 zur Landung an. Sollten wir uns bereits am Ziel befinden? Wenn ja, so musste unser „Gefängnis" und der Flugplatz, von dem aus wir gestartet waren, schon im Raum Norddeutschland oder Nordostdeutschland liegen.

Lange Zeit, darüber nachzudenken, blieb mir allerdings nicht, denn unmittelbar nach der Landung mussten wir wiederum in ein Auto umsteigen, wobei uns die Wachleute zur Eile antrieben. Kurz vor Ende der vielleicht halbstündigen Fahrt hielt es in einem großen Waldstück. Dort durften wir unsere Kapuzen abnehmen, dann unterrichtete uns ein Wachmann darüber, dass wir uns bereits in wenigen Minuten Glückstadt erreichen würden.

„Wir bringen Sie direkt zu Ihrer neuen Wohnung. Verhalten Sie sich völlig natürlich und machen Sie keine Dummheiten! Wie es weitergeht, teilen wir Ihnen später an Ort und Stelle mit."

Tja, so erreichten wir also schließlich unser neues Zuhause in der Bohnstraße, wo wir dann ja immerhin einundzwanzig Jahre wohnten. Während wir die vollständig möblierte Drei-Zimmer-Wohnung mit der überdimensionierten Küche im ersten Stockwerk erhielten, quartierten sich die drei Wachleute, die uns begleitet hatten, in der darunterliegenden, später, das heißt nach dem Zweiten Weltkrieg, Schmidt'schen Wohnung ein.

Die ersten Stunden in der Bohnstraße 1
verbrachten wir damit, die Räumlichkeiten
sowie das „Innenleben" des Mobiliars näher
kennenzulernen. Wie wir feststellten, waren
wir mit allem ausgestattet, was wir benötigten - von der Zahnbürste, Zahnpasta und Sei-
fe, über Besteck, Service und Kochgeschirr
bis hin zum Herd, der mit Holz oder Kohle
befeuert werden konnte. Zudem verfügten
wir über einen Kühlschrank, in der damali-
gen Zeit ein absoluter Luxusgegenstand. Er
war gut gefüllt, ebenso wie die kleine Spei-
sekammer, die man von der Küche aus erreichen konnte: Um unsere Verpflegung
brauchten wir uns also vorerst keine Gedanken zu machen.

Vom Küchenfenster aus verschafften wir
uns einen ersten Eindruck von dem Stadtviertel, in dem wir von Leben sollten: Es
machte keinen schlechten Eindruck auf uns.
Insbesondere gefielen uns die vielen villen-

ähnlichen Gebäude mit den schönen Vorgärten und der große, von Laubbäumen gesäumte Teich, der Burggraben, der nur wenige Schritte von unserem Haus begann. Kochen brauchten wir an diesem Tag nicht. Ein Wachmann brachte uns gegen Mittag einen Topf Erbsensuppe mit Würstchen.

„Diesen Service gibt es nur heute. Ab morgen müssen Sie selbst für Ihr Mittagessen sorgen", sprach er zu uns.

Am Nachmittag erhielten wir dann „Besuch" von allen drei, stets in zivil auftretenden Wachleuten. Sie informierten uns im Laufe eines längeren Gesprächs darüber, welches Leben uns zukünftig als Ellen und Hans Behringer erwartete. Dabei wurden sie nicht müde, zu betonen, dass wir uns absolut normal, unauffällig und angepasst verhalten sollten. In der Zeit von 9 bis 12 Uhr und von 15 bis 18 Uhr durften wir uns frei bewegen und tun und lassen, was wir wollten - sofern dies nicht gegen die Verhaltensmaßregeln verstieß, die sie uns auferlegten. Ab 18 Uhr bestand dann allerdings ein Ausgangsverbot für uns. Glückstadt durften wir grundsätzlich nicht verlassen.

Der Älteste im Trio, ein drahtiger Endvierziger, der auch das Kommando führte, glaubte Deine Mutter und mich darauf hinweisen zu müssen, dass wir ständig überwacht würden - und zwar nicht nur von ihnen. Wir könnten sicher sein, dass immer viele Augen auf uns gerichtet seien.

„Ändern können Sie an Ihrer Situation nichts. Wenn Sie glauben, den Leuten Geschichten erzählen zu müssen, so erreichen Sie damit nur, dass man Sie für verrückt hält. Zudem wären wir gezwungen, einzuschreiten. Also lassen Sie das lieber!"

Des Weiteren erfuhren wir bei dem Gespräch, dass ich meine Arbeit in der Schweißerabteilung des Eisenbahn-

Ausbesserungswerkes am folgenden Montag aufnahmen sollte. Gleichzeitig mit mir wollte auch das Trio dort anfangen und offiziell für Sicherheit im Werk sorgen.

„Wir sind also Arbeitskollegen, wenn Sie so wollen. Allerdings liegt das Schwergewicht meiner unserer Arbeit nicht auf Schweißen", ließ sich der Benjamin unter den Wachsoldaten, ein vielleicht 24-jaehriger Blondschopf, vernehmen. „Da wir den gleichen Weg zur Arbeit haben, begleiten wir Sie natürlich."

Unser „Besuch" hielt noch viele Verhaltensmaßregeln, Informationen und Tipps für Deine Mutter und mich bereit, die ich an dieser Stelle aber nicht alle wiedergeben kann und will. Eines aber wurde uns noch einmal schmerzlich bewusst: Das alte Leben als Parteiführer und Reichskanzler mit allen seinen Glanz- und Schattenseiten, mit seinen Triumpfen und Niederlagen, war endgültig vorbei: Es gab kein Zurück. Wenn wir überleben wollten, mussten wir uns uneingeschränkt in die neue Situation fügen und die uns zugedachten Rollen als Ellen und Hans Behringer so perfekt wie möglich spielen.

Dass ich mich, besonders in den ersten Monaten und Jahren, immer wieder mit meinem Schicksal auseinandersetzte, kannst Du Dir vorstellen. Manchmal gab es Augenblicke, in denen ich glaubte, mich in einem schlechten Traum zu befinden und sich nach dem Aufwachen alles als bizarrer Gehirnfilm entpuppen würde. Doch es war leider bittere Realität. Auch heute noch beschäftige ich mich mit den dramatischen Ereignissen von damals, die mein Leben und das Deiner Mutter völlig aus der Bahn warfen. So etwas lässt einen natürlich niemals los. Aber es gelang Deiner Mutter und mir, uns mit unserem neuen Leben zu arrangieren und ihm sogar gute Seite abzugewinnen: Das werte ich als große Leistung.

Zu den Motiven von Goebbels, Göring und Bormann, mich gewaltsam zu stürzen, möchte ich nur sagen, dass sie schon immer machtgeil waren und sich gern an meine Stelle gesetzt hätten. Sie taten dies nicht im Interesse des deutschen Volkes, sondern aus skrupelloser, brutaler Machtgier. Weshalb sie mich am Leben ließen, weiß ich nicht. Vielleicht aus Respekt vor dem, was ich einmal war und leistete, aus einem letzten Rest von Mitgefühl heraus, das sie für ihren alten Kampfgenossen empfanden oder weil sie nicht vor der Geschichte als Mörder von Adolf Hitler dastehen wollten. Vielleicht auch aus einer Mischung aus allem.

8. Alltag im neuen Leben

Der erste Arbeitstag im Eisenbahn-Ausbesserungswerk begann damit, dass mich der Meister meinen neuen Arbeitskollegen vorstellte, die mich freundlich willkommen hießen. Ich musste viele Hände schütteln und gut gemeintes Schulterklopfen über mich ergehen lassen. Anschließend überantwortete mich der Meister einem seiner erfahrenen Mitarbeiter, der mich in meinen neuen Arbeitsbereich, der Reparatur von Güterwagen, einwies. Es dauerte nur wenige Tage, dann konnte ich dort selbstständig, das heißt: ohne Unterstützung eines Kollegen, arbeiten, was mir die Anerkennung und den Respekt meines direkten Vorgesetzten einbrachte.

„Sie sind wirklich ein Gewinn für uns!"

Natürlich fragten meine Arbeitskollegen auch nach der Narbe, deren Entstehung ich als das schreckliche Ergebnis eines Autounfalls erklärte. Wer es wissen wollte, dem verriet ich zudem, dass ich aus einem Dorf an der deutsch-österreichischen Grenze stammte und zuletzt bei einer Rosenheimer Firma als Handelsvertreter tätig war.

„Da ich nach dem Unfall nicht mehr in meinem Beruf arbeiten konnte, habe ich mich zum Schweißer ausbilden lassen und anschließend beim Eisenbahn-Ausbesserungswerk in München beworben. Dort war jedoch keine Stelle frei, während in Glückstadt dringend Arbeitskräfte gesucht wurden. So bin ich also in den Norden gekommen.“

Mit der Zeit entwickelte sich ein ausgezeichnetes Verhältnis zu meinen Arbeitskollegen, die gern mit mir zusammenarbeiteten und auch in den Arbeitspausen meine Nähe suchten. An meiner Wirkung auf Menschen hatte sich, wie ich feststellte, trotz meiner Verstümmelung nichts geändert. Ich konnte sie noch immer für mich einnehmen und Einfluss auf sie ausüben.

Die Wachleute, die gleichzeitig mit mir ihren Dienst beim Eisenbahn-Ausbesserungswerk angetreten hatten, schauten mehrmals täglich bei mir in der Schweißerabteilung vorbei, wobei sie sich so unauffällig wie möglich benahmen und manchmal sogar wenig mit uns Mitarbeitern scherzten. Außer ihnen war sicherlich noch mehr Wachpersonal im Werk installiert, aber entlarven konnte ich nie jemanden.

Auch für Deine Mutter begann der Alltag. Während sie sich früher wenig um Haushalt und Haushaltsangelegenheiten gekümmert hatte, war dies nun vorzugsweise ihre Aufgabe. Nach und nach lernte sie die Geschäfte in unserem Stadtviertel und in der Innenstadt kennen und fand heraus, wo sie günstig und gut einkaufen konnte. Zudem lernte sie kochen: Einladungen zum Essen gehörten endgültig der Vergangenheit an. Dabei stellte sich heraus, dass sie durchaus ein gewisses Talent mitbrachte, das bis dahin brach gelegen hatte. Am wenigsten mochte sie Reinigungsarbeiten, doch selbst diese erledigte sie gründlich und ohne zu murren. Sie war kaum wiederzuerkennen. Aber das konnte man ja wohl mit einiger Berechtigung auch von mir sagen.

Während der Abwesenheit ihrer Kollegen hielten zwei Wachfrauen die Stellung für sie. Wechselweise begleitete eine von ihnen Deine Mutter bei ihren Einkäufen. Versorgt mit Geld wurden wir, um dies nicht unerwähnt zu lassen, vom kommandieren Wachmann, der uns jeden Montagmorgen ein Bündel Scheine zusteckte.

„Das reicht wohl für eine Woche."

Es hätte aber auch für einen Monat gereicht. Der Geldfluss stockte auch nicht, als ich ein eigenes Einkommen bezog, das allerdings alles andere als üppig war. Meine Arbeit sollte wohl nur dazu beitragen, mich fest in die Gesellschaft zu integrieren.

Nach und nach stellte sich eine gewisse Routine in der Bewältigung des Alltags ein, der, bis auf einige geringe Abweichungen, immer gleich verlief. Abwechselung kehrte bei uns ein, als uns der kommandierende Wachmann einen Volksempfänger ins Wohnzimmer stellte.

„Sie sollen natürlich auch Gelegenheit erhalten, die Reden unseres Führers zu verfolgen!" teilte er uns mit.

Schon am nächsten Tag hatten wir dazu Gelegenheit, als der „Reichskanzler" eine Kunstausstellung in Berlin eröffnete, die vom Rundfunk übertragen wurde. Auf den Inhalt will ich nicht eingehen, auf die Stimme schon, denn es war, um es einmal so zu formulieren, meine Stimme. Deine Mutter und ich, erstmals auf diese Weise mit der Marionette der neuen Machthaber in

Deutschland konfrontiert, waren zutiefst schockiert. Noch einmal wurde uns schmerzlich bewusst, was uns wiederfahren beziehungsweise, welche Katastrophe über uns hereingebrochen war.

„Das ist ja wirklich erschreckend. Sicherlich gleicht er Dir auch wie ein eineiiger Zwilling dem anderen" stellte Deine Mutter fest.

In den folgenden Jahren, bis zum Ausbruch des Krieges und dem Kriegsende, hörten wir noch viele Reden des „Führers" Dabei entging uns nicht, dass sich seine Stimme im Laufe der Zeit veränderte und zusehends matter und resignierter klang. Naja, kein Wunder.

Die Entwicklung Deutschlands unter Goebbels und Konsorten verfolgte ich mit wachsender Sorge. Zwar fand manches neue Gesetz und manche Maßnahme durchaus meine Zustimmung oder war sogar von mir vorbereitet oder angeregt worden, aber im Großen und Ganzen sah ich sie als gefährlich an: Alles schien letztendlich auf Krieg hinauszulaufen - und der konnte nur in der Vernichtung Deutschlands enden, glaubte ich.

Meine Meinung erhärtete sich, als nach dem von mir begrüßten Einmarsch deutscher Truppen ins entmilitarisierte Rheinland, dem Anschluss Österreichs an Deutschland und der Annektierung des Sudetenlandes das Regime nicht etwa Halt machte, sondern die Rest-Tschechei zerschlug und besetzte. Damit ging es ein gefährliches Vabanque-spielantspiel ein, dass auch schon in die Katastrophe hätte führen können. Aber diese steuerte das Regime ja weiter konsequent an, wie der Überfall auf Polen und die Auslösung des Zweiten Weltweltkriegs sowie der wahnwitzige Überfall auf die Sowjetunion belegten. Damit war für mich der Untergang Deutschlands endgültig besiegelt. Was weiter geschah, ist bekannt.

Kurz vor Kriegsende erhielt ich überraschenden Besuch von Joseph Goebbels, der mich nachts aus dem Bett holte.

„Keine Sorge, ich will nur mit Dir sprechen!"

Er ging mit mir in den Keller, wo er mir unter Tränen gestand, dass mein Sturz einzig und allein die Idee von Goering und Bormann gewesen sei. Ihm habe es an Mut gefehlt, sich den Beiden entgegenzustellen.

„Ich möchte Dich bitten, mit nach Berlin zu kommen und die politischen Fäden wieder in die Hand zu nehmen. Wenn es einem Menschen gelingen kann, dem Kriegsverlauf noch eine positive Wendung zu geben, dann Dir; ich glaube an Dein Genie. Mit Dir an der Spitze wären wir auch niemals in diese Situation geraten. Was Goebbels, Bormann und diese Marionette betrifft, so genügt ein Zeichen von mir. Und auch daran habe ich natürlich gedacht: In den ersten Wochen und Monaten würdest Du einen Gesichtsverband tragen, den wir dem Volk mit einer schwerwiegenden Verletzung nach einem Granatenangriff erklären."

Der kleine Mann mit dem Hinkefuß wischte sich die Tränen aus den Augen und bemühte sich um einen gefassten Eindruck.

„Na, was sagst Du zu meinem Vorschlag?"

Ich war im ersten Augenblick sprachlos. Nachdem ich zwölf Jahre lang ein völlig anderes Leben geführt hatte, sollte ich nun an die Schalthebel der Macht zurückkehren - eine geradezu wahnwitzige Vorstellung, entsprungen aus purer Verzweiflung. Außerdem erwartete mich, wie ich aus den täglichen Kriegsberichten wusste, ein zerstörtes Deutschland, das sich letzte Abwehrschlachten mit seinen Feinden, insbesondere der Sowjetunion, lieferte, deren Soldaten bereits in den Straßen von Berlin kämpften. Ich wä-

re ja verrückt gewesen, in dieser aussichtlo-
sen Situation das Ruder noch einmal in die
Hand zu nehmen. Aber würde Joseph Goebbels eine Absage meinerseits so ohne weiteres akzeptieren? War sie nicht gefährlich für
mich?

Nach einigem Überlegen bat ich mein Gegenüber um eine Woche Bedenkzeit, die er
mir nach kurzem Zaudern einräumte.

„Aber auf keinen Fall länger, die Zeit
drängt. Und ich hoffe, Du entsprichst meiner
Bitte, wenngleich Du sicherlich hundert
Gründe anführen könntest, es nicht zu tun.
Aber bedenke: Es geht um die Existenz
Deutschlands! Im Übrigen versichere ich
Dir, dass Du auch bei einer Absage nichts
von mir zu befürchten hast…"

Goebbels brach in lautes, ungehemmtes
Schluchzen aus, das im gesamten Keller
wiederhallte. Als er sich wieder etwas beruhigt hatte, warf er sich mit in die Arme und

drückte mich mit großer Inbrunst.

„Ich wollte, ich könnte das Rad der Zeit noch einmal zurückdrehen. Verzeih mir bitte, was ich Dir angetan habe, bitte verzeih mir!"

Bevor er ging, warnte er mich davor, die Geschichte meines gewaltsamen Sturzes auch nach einer möglichen Niederlage Deutschlands auf keinen Fall preiszugeben: Damit würde ich mir den Weg in die Irrenanstalt ebnen.

Fünf Tage später, also vor Ablauf der Bedenkzeit, fiel der „Führer" für Volk und Vaterland. Vierundzwanzig Stunden später folgte ihm Joseph Goebbels in den Tod. Die letzten Wachsoldaten in unserem Hause verschwanden über Nacht, bevor die englischen Truppen am 5. Mai Glückstadt besetzten. Tja, und am 8. Mai schwiegen dann endlich die Waffen. An diesem Tag schworen Deine Mutter und ich, aus verschiedenen naheliegenden Gründen niemals über unsere Vergangenheit zu sprechen. Wir wollten unser bisheriges ruhiges, bescheidenes Leben weiterführen.

Zeit, das Kriegsende zu feiern, hatten Deine Mutter und ich nicht, denn wir erhielten vielfachen Besuch von Vertretern der englischen Besatzungsmacht, die das Haus von oben bis unten inspizierten und viele Fragen zu den letzten Bewohnern der Erdgeschosswohnung stellten. Wir antworteten wahrheitsgemäß, dass es sich um Wachpersonal des Eisenbahn-Ausbesserungs-Werk gehandelt habe. Mehr wüssten wir auch nicht. Später folgte dann die Einquartierung der Schmidts und der Krügers, die vor den russischen Truppen aus Königsberg geflohen waren.

Die Nachkriegszeit war für uns, wie für die allermeisten Deutschen auch, eine schwere Zeit. Es ging einzig und allein um das nackte Überleben. Uns kam zugute, dass ich schweißen und landwirtschaftliche Geräte für die Bauern in der Gegend herstellen konnte. So überlebten wir.

Natürlich sprachen Deine Mutter und ich immer wieder über die Vergangenheit, über die glückliche Zeit bis zu unserer Entführung, die schreckliche Zeit unserer Gefangenschaft und dem neuen Leben danach. Wie anders wäre unser Leben, aber auch das vieler Menschen in vielen Ländern der Erde, verlaufen, wenn dieses Ereignis nicht eingetreten wäre! Selbst heute noch, wenn ich in stillen Stunden darüber nachdenke, fällt es mir schwer, zu begreifen, was geschehen ist. Aber das Schicksal wollte es nun einmal so. Immerhin habe ich es von einem kleinen Gefreiten des Ersten Weltkriegs zum Reichskanzler und Führer der Deutschen Nation gebracht - und das ist doch immerhin etwas. Wenn ich nun mein Schweigen breche, das ich vor fast zwanzig Jahren mit Deiner Mutter vereinbart hatte, so tue ich das mit äußerst schlechtem Gewissen. Aber ich finde, Du sollest es erfahren, bevor ich das Zeitliche segne. Du hast ein Recht darauf.

9. Was ist Wahrheit?

Nachdem mein Vater die Geschichte zu Ende gebracht hatte, schien er in sich zusammenzufallen. Er stützte seinen Kopf in beide Hände und stierte eine Weile vor sich hin, bevor wieder Leben in ihn kam und er sich mir erneut zuwandte.

„Tja, nun weißt Du, wie ich wirklich zu meiner Gesichtsverletzung gekommen bin - und ein wenig mehr. Was sagst Du nun?"

Ich sagte vorerst nichts: Mir fehlten einfach die Worte.

„Tja, hm…" waren die einzigen Lautäußerungen, die ich von mir gab.

Über das Gesicht meines Vaters huschte ein leichtes, verständnisvolles Lächeln.

„Mir ist natürlich klar, dass Du meine Geschichte für die Ausgeburt eines kranken Hirns halten muss, wenn ich das einmal so formulieren darf. Aber sie ist wahr."

„Ich möchte Dir natürlich alles glauben,

was Du mir erzählst. Doch wenn ich ehrlich bin, Papa, so halte ich Deine Geschichte wirklich für die Ausgeburt eines kranken Hirns. Wie könnte ich das glauben? Ich bin schockiert, zutiefst schockiert, und empfinde grenzenloses Mitleid für Dich."

Ich umarmte meinen Vater, dem die Tränen aus den Augen traten.

„Oh Papa, ich habe Dich lieb!"

„Und ich habe Dich lieb, Gernot. Du bist der beste Sohn, den man sich wünschen kann."

Nach einer Weile lösten wir uns wieder voneinander und schwiegen gedankenvoll vor uns hin - bis mein Vater die Stille unterbrach.

„Was würdest Du dazu sagen, wenn ich meine Geschichte beweisen könnte?"

„Beweisen? Wie willst Du sie denn beweisen?"

„Hm, es gibt etwas, das nur ich wissen

kann. Es stand in keiner Zeitung und wurde niemals in den Nachrichten ausgestrahlt. Und auch ich selbst hatte es beinahe vergessen."

„Und was soll das sein?"

„Im Jahre 1928 bin ich inkognito zum Hermannsdenkmal gereist - eine Art Wallfahrt, wenn Du so willst. Dort habe ich, wenn man vor dem Aufgang zur westlichen Aussichtsplattform steht, unten, an der Innenseite des rechten Pfeilers, etwas eingraviert, nämlich: ‚Ich vollende Dein Werk!' und darunter meinen Namen, allerdings rückwärts geschrieben: ‚Floda Reltih'. Das habe ich gemacht, weil es natürlich strengstens verboten ist, sich dort zu verewigen. Auch nach so vielen Jahren müsste die Inschrift eigentlich noch zu lesen sein - wenn sie nicht in der Zwischenzeit entfernt worden ist."

„Willst Du sie mir etwa zeigen?"

„Ja, das will ich. Ich werde Deine Mutter bitten, am Wochenende mit uns einen Aus-

flug zum Hermannsdenkmal zu unternehmen. Vom eigentlichen Zweck der Reise darf
sie natürlich nichts erfahren."

„Hm, ich finde es zwar nicht gut, Mama zu
hintergehen. Aber die Chance, Deine Geschichte zu beweisen, sollst Du auf jeden
Fall bekommen."

Meine Mutter war anfangs nicht sonderlich
begeistert, als mein Vater ihr gegenüber seiner Bitte äußerte.

„Wir sind immerhin mehrere Stunden unterwegs. Das strengt Dich viel zu sehr an."

Schließlich ließ sie sich aber doch überreden.

„Voraussetzung ist aber, dass wir unterwegs mehrere Ruhepausen einlegen!"

So brachen wir also am folgenden Sonn-
abend mit unserem Käfer zum Hermannsdenkmal auf, das an die siegreiche Schlacht
germanischer Stämme unter der Führung des
Cheruskerfürsten Arminius gegen drei römi-

sche Legionen des Publius Quinctilius Varus im Jahre neun nach Christus im Teutoburger Wald erinnerte. Das Fährschiff „Ernst Sturm", das auf der Elbe zwischen dem schleswig-holsteinischen Glückstadt und dem niedersächsischen Wischafen hin- und herpendelte, brachte uns „auf die andere Seite". Von dort bis nach Detmold, genauer: dem Ortsteil Hiddesen, waren es etwa dreihundert Kilometer, für die wir, sämtliche Ruhepausen mit eingerechnet, vier Stunden benötigten.

Die Kolossalstatue beeindruckte uns schon aus der Ferne. Als wir vor der großen Treppe standen, die zum Denkmal hinaufführte, blieb mein Vater einen Augenblick gedankenverloren stehen. Es schien, als sei alles Leben aus ihm gewichen. Er wirkte grau und eingefallen.

„Ich habe nichts vollendet!" sagte er leise vor sich hin.

Meine Mutter sah ihn fragend an.

„Was meinst Du?"

„Hm - ist schon gut, Ellen."

Meine Mutter und ich hakten meinen Vater unter und erklommen so mühsam die nicht enden wollende Treppe. Oben angekommen mussten wir einen Augenblick verschnaufen, bevor wir uns dem Hermannsdenkmal zuwenden konnten, das allein schon durch seine kolossalen Ausmaße niemanden unbeeindruckt ließ. Wir gingen, den Blick ständig staunend nach oben gerichtet, einmal um das Denkmal herum und blieben dann nahe dem rechten Pfeiler stehen. Mein Vater stieß mich heimlich an und deutete auf dessen unteren Teil.

„Siehst Du, dort unten, in der zweiten Steinreihe, befindet sich die Inschrift. Sie ist natürlich im Laufe der vielen Jahre verwittert, aber immerhin noch vorhanden. Ich hatte schon befürchtet, man hätte sie entfernt,

was aber wohl mehr Schaden als Nutzen gebracht hätte." Mein Vater sah mich trium-
phierend an. „Aber vielleicht kann man noch
etwas lesen. Du müsstest auf den Sockel
klettern, dann kannst Du ganz nahe herange-
hen."

Das ließ ich mir nicht zweimal sagen. Ich
informierte meine Mutter mit wenigen Worten darüber, dass ich gern einmal meinen Fuß
auf den Sockel setzen würde, worauf sie mit
einem verständnisvollen „Mach das!" reagierte.

„Papa und ich bleiben so lange hier."

Kurz darauf löste ich die erforderliche Ein-
trittskarte und betrat den Sockel. Ich kämpfte
mich bis zu dem Pfeiler vor, an dem sich die
Inschrift befand, und kniete mich davor hin.
Nun konnte ich, obwohl die Verwitterung
ihre Spuren hinterlassen hatte, deutlich er-
kennen, was dort stand - nämlich genau die
Worte meines Vaters: „Ich vollende Dein

Werk!" und darunter sein Name, rückwärts geschrieben: „Floda Reltih." Dies stimmte also!

Ich verblieb noch einen Augenblick an meinem Platz und betrachtete nachdenklich die Worte, die eine Hand sechsunddreißig Jahre zuvor in den Stein eingraviert hatte. Die Frage war, wessen Hand? Die meines Vaters, der dann ja möglicherweise der „echte" Hitler wäre, oder die des „Anderen"?

Schließlich erhob ich mich und begab mich zurück zu meinen Eltern, die in der Zwischenzeit bereits die Eintrittskarten für die Aussichtsplattform gelöst hatten. Meine Mutter und ich hakten meinen Vater wiederum unter und dann ging es die siebzig Stufen der steinernen Wendeltreppe hinauf zum kreisförmigen Außenumlauf, der sich in etwa zwanzig Metern befand. Dort genossen wir die ausgezeichnete Sicht über das Lipperland, den Teutoburger Wald und weit darüber hinaus.

Mein Vater, der natürlich darauf brannte, mit mir über die Inschrift zu sprechen, nahm mich bei einer günstigen Gelegenheit beiseite und fragte mich:

„Na, was sagst Du?"

„Hm - der Zahn der Zeit hat zwar an der Inschrift genagt, aber es ist noch alles zu lesen. Und es ist genau der Text, wie Du ihn mir genannt hast."

„Das ist doch der Beweis! Was willst Du mehr?"

„Das ist nur der Beweis, dass jemand vor langen Jahren diese Worte in den Stein eingraviert hat. Ob Du oder der Andere - wer weiß? Vielleicht wurde damals ja doch über dieses Ereignis berichtet und Du hast davon gehört..."

„Wenn der Andere, wie Du ihn nennst, dies preisgegeben hätte, wäre es zu einem Riesenskandal mit unabsehbaren Folgen gekommen: Ein Parteiführer, ein Patriot, der an das Hermannsdenkmal Hand anlegt! Nein, davon wusste nur ich, der dies geschrieben hat, und sonst niemand."

„Oh Papa, sei mir nicht böse, aber gleichgültig, wie viele Beweise Du mir vorlegst: Ich kann das alles nicht glauben. Wie denn wohl auch? Kannst Du Dir vorstellen, wie das alles in meinen Ohren klingt? Ich liebe Dich, Papa! Lass es bei diesem Ausflug in Deine Geschichte bewenden und genieße die Aussicht hier. Es tut Dir gut."

Mein Vater sah mich schockiert an, sagte aber nichts.

„Na, welche Geheimnisse habt Ihr denn miteinander?" sprach uns meine Mutter an, die sich uns unbemerkt genähert hat.

„Wir haben uns nur über die Geschichte des Denkmals ausgetauscht, Mama. Ein kleiner Disput, nichts weiter", gab ich ihr zur Antwort.

Wir blieben noch eine Zeitlang auf der Aussichtsplattform - bis meinem Vater plötzlich schlecht wurde.

„Bringt mich besser nach unten!" bat er meine Mutter und mich. Uns fuhr der Schreck in die Glieder und wir beeilten uns, umgehend, seiner Bitte zu entsprechen. Kaum hatten wir das Innere des Hermannsdenkmals verlassen, wurde mein Vater ohnmächtig. Wir legten ihn behutsam auf eine Bank, wobei uns mehrere Besucher behilflich waren. Ein Einheimischer, der wusste, wo eine Telefonzelle stand, rief den Krankenwagen herbei, der nach kurzem, ungeduldigem Warten eintraf. Die Sanitäter sprangen heraus und wandten sich umgehend an meine Mutter, um von ihr zu erfahren, was passiert sei. Diese informierte sie hastig über die Krebserkrankung und die näheren Umstände, die zur Ohnmacht meines Vaters geführt hatten. Dann folgte das übliche Prozedere in solchen Fällen. Bereits zehn Minuten später befanden wir uns im Lipper Krankenhaus, wo mein Vater auf die Intensivstation gebracht wurde. Dort starb er, ohne noch einmal sein Bewusstsein wiedererlangt zu haben.

Meine Mutter und mich befiel tiefe Traurigkeit, und in uns breitete sich eine Leere aus, die wie eine Wüste stetig zu wachsen schien. Über die „Geschichte" meines Vaters erzählte ich ihr vorerst nichts, obwohl es mich danach drängte. Ich fühlte mich an das Versprechen gebunden, das ich ihm gegeben hatte. Doch schließlich konnte ich es nicht mehr für mich behalten und ich offenbarte mich ihr.

Meine Mutter war schockiert. Sie mochte kaum glauben, was sie aus meinem Mund gehört hatte und brauchte einen Augenblick, um sich zu fassen.

„Aber das ist ja entsetzlich. Was mag denn

nur mit ihm passiert sein?" brachte sie schließlich hervor. „Hat es vielleicht etwas mit den Tabletten zu tun, die er einnehmen musste?"

„Das habe ich auch vermutet. Aber vielleicht hat ja auch sein unabwendbarer bevorstehender Tod diesen Wahnsinnsschub ausgelöst. Oder beides. Ich weiß es nicht."

Meine Mutter brach in lautes Schluchzen aus. Als sie sich wieder beruhigt hatte, legte sie die Hände auf meine Knie und sah mich eindringlich an.

„Sag einmal, Gernot: Hat er außer Dir noch jemandem die Geschichte erzählt?"

„Nein, bestimmt nicht. Die hat er nur mir anvertraut."

„Ich hoffe. Sie muss auch für immer unser Geheimnis bleiben."

„Ich werde mich hüten, sie jemandem zu erzählen."

Am gleichen Tag, zur Kaffeezeit, suchten

meine Mutter und ich das Grab meines Vaters auf dem Neuen Glückstädter Friedhof
auf. Als wir davorstanden und unser Blick
auf seinen Namenszug fiel, übermannte uns
noch einmal der Schmerz über den Verlust,
den wir erlitten hatten. Der Mensch, Vater
und Ehemann Hans Behringer hatte aufge-
hört zu sein. Es war mehr als ein Spaziergang
über den Deich und durch die Stadt, den er
diesmal angetreten hatte.

Einige Wochen später, nach der Rückkehr
von der Schule, vernahm ich vom Flur aus
die Stimme meiner Mutter, die in der Küche
beschäftigt war.

„Oh Adolf, mein lieber Adolf!" sprach sie
traurig zu sich selbst.

„Adolf?"

Es war das erste Mal, dass ich diesen Namen aus ihrem Munde hörte. Aber sicherlich
war dies ironisch-liebevoll gemeint und hatte
weiter keine Bedeutung…